Sars Al-Klausens

COVID-19-ROMAN
[10.10.20]

In seiner COVID-19-ROMAN-Romanovelle eilt dieser Sars Al-Klausens den Ereignissen nach, welche an jenem Tag, jenem 10.10.2020 [10.10.20] eintreten könnten und auch tatwahr-wirklich dann passiert sein mögen. Das Geschriebene ver-knüpft das „Endliche" des Daseins in der Fastrealität mit dem Jetzigen der Wirklichkeitszeit zu einer sehr packenden Geschichte. Wir sehen uns in der Corona-Welt von Deutschland im Oktober. Alle haben Angst vor Covid-19, niemand möchte was davon bekommen. Dennoch wird gelebt, sicher, denn es gibt ja keine Wahl. Hartzopf ist der Vorname des Mannes, Wannika ist die Partnerin. Sie mögen etwas über 30 Jahre alt sein und wissen nun nicht, wie sie die Tage verbringen sollen. Oder auch jenen Tag, jenen Samstag, den vom 10.10. Sie werden Musik machen, vor einem Heim. Aber das ist nur die Erzählhülle, denn zugleich passieren auf der Straße schlimme Wahrheitsentleerungen, die für größte Unruhe sorgen. Wer ist welcher Bewegung anheimgefallen, wer dient welcher Verschwörung? Ein Gruselkabinett von Gedanken, Ideologien und Religionen. Und Ängsten.

SARS AL-KLAUSENS begründet Hoffnungslosigkeiten. So traut er sich an das Hinsehen in die berstenden Weltengläubnisse. Sein Name kann bedrücklich sein, zeigt uns aber, dass sich diesem Schriftschaffer und Wortpoeten keine Kümmernis, aber einiges an Weltdenken zupreisen ließe. Nur dieser Tag im Oktober könnte zur Verkennung der Weltreligionen (als Religionskritiker) herankommen. Klausens schreibt auch LIVE-Gedichte, gewiss, bearbeitet zudem immer wieder seine Petizetten. Es entstehen auch solcherlei Texte. Er arbeitet stets an Büchern, Zitaten, Allerlei. Außerdem sind da jene Blogs in seinem Herzen verkiest. Nun lacht da vor uns wieder einmal der eine Roman des feinen Tages. Erst die Menschen nach unserer Zeit werden erfassen und verfassen können, was wir an ihm hätten. Insgesamt ist es kaum bekannt, was man damit anfangen sollte. Dennoch: Dieser Mensch kann nur von sich stoßen, was ein freches Hirngebälk ihm ließ. So wie alle Viren von Sätzen umkost werden und weiterleben müssen.

Sars Al-Klausens

COVID-19-ROMAN
[10.10.20]

Romanovelle von 120 Seiten

Bibliografische Information der Deutschen Nationalbibliothek: Die Deutsche Nationalbibliothek erfasst diesen Buchtitel in der Deutschen Nationalbibliografie. Die bibliografischen Daten können im Internet unter http://dnb.dnb.de abgerufen werden.

Umschlag: Erstellung (samt Fotos), Copyright für alles © Sars Al-Klausens, Hauptschrift: Myriad, Lektorat: Sars Al-Klausens, Endredaktion: Sars Al-Klausens.
——
ISBN 978-3-7526-2678-0

Erste Auflage Oktober 2020
Herstellung und Verlag:
BoD - Books on Demand, Norderstedt.
Printed in Germany (EU)

www.klausens.com
[Copyright]
© Sars Al-Klausens – info@klausens.com

ABER-NICHT-KÖNNUNG

In den Tagen der Wirre
Bringen wir Grässliches zutage
Auch Frohsames zur Nacht

Wenn die Viren singen
Ist keines Freuens das Warten

Denn wir verbringen die Trauer
In den Wohnungen hustender Sehnsüchte
Gibt es keinerlei Zusammentreffen

Außer mit den Medien
Wo die Computer und Smartphones tragen

Keinen Mund-Nasen-Schutz
Diese gemeinen Schlimmlinge
Der Nichtzeitlosigkeitsverdrängung

„Nimm es doch so!"

„Wie denn?"

„So, wie es ist."

Hebestreit, dieser Hebestreitz, der konnte einen so ärgern. Immer wollte er sagen, was auch ein anderer hätte sagen können. Er drängte sich in die Worte, sprach und tat dann so, als gäbe es nur ihn.

Wannika sah das anders. Wannika sah alles anders.

Man konnte ihr nichts vorwerfen, denn die Krankheit war ja da. Nicht direkt, aber es gab doch Elfriede Gesswinkel, die aus dem Nichts krank war, die man verbrachte, ja, in eine Klinik, und vier Wochen später war sie tot. Demnach war die Krankheit da, im Sinne von existent. Erfahrbar.

„Tot?! Die Gesswinkel?"

„Nimm es es doch so!", sagte nun wieder Hebestreitz. Hartzopf Hebestreitz, ein ganz alter Stratege, um alles wissend, so gab er vor, und immer die Dinge kommentierend.

Wannika kannte jene Elfriede nur vom Sehen, sie musste zwei Häuserblocks weiter wohnen, also: gewohnt haben. Und doch war sie nun tot, weg, vorbei, weil sie von dieser Krankheit erwischt wurde.

Wannika und Hartzopf hatten es irgendwie mitbekommen, aber man durfte ja noch vor die Türe.

Immerhin.

„Wenn Sie bloß nicht mit dem Lockdown wieder kommen. Bloß nicht so etwas." Wannika war fast schon aufgeregt und drückte ihre Schenkel fest zusammen. Sie wollte Schmerz fühlen. Sie wollte wissen, dass man noch existierte.

Hartzopf hatte keinerlei Idee, was man zu tun habe ... in den Tagen, die nun kämen.

Wannika rief mal schnell ihre Mutter an. Auch Maria Hänter war nicht gut auf diese ganze Lage zu sprechen. „Wir wollten doch nach Praia dal es Sul de Monze Baslo. Heute wären wir geflogen."

So sprach Maria am Telefon. Wannika wollte eigentlich eine Bild-Verbindung haben, vielleicht skypen, aber Maria hatte sich gewehrt. Sie fände diese vielen Bilder ganz schrecklich. Egal, ob mit Instagram oder via Telegram ... oder was man so alles benutzen täte. Nein, sie mag das nicht, betonte sie schon wieder.

Wannika hingegen hatte heute schon ihr drittes Bild auf Instagram gepostet. Dafür hatte sie sich extra viel Farbe ins Gesicht getan, eine aufdringliche Röte. Das Bild benannte sie „Krank. Ihr seid doch alle krank!", bevor sie dann auf die Likes wartete. Sie bekam 34 Stück und war richtig froh.

Aber Maria Hänter konnte da mit ihrer Tochter nicht zusammenkommen. Die Moderne hatte ja auch dieses Virus vorbeigebracht, an dem nun alle leiden. Eigentlich die ganze Welt, wenngleich die Zahlen ja da anders aufgezeichnet wurden als dort. Die Türkei hatte geschummelt, nachweislich, und wer weiß, ob in jedem Land Afrikas Gesundheitsämter durch die Ghettos laufen, um Infizierte zu erfassen. Oder um Ketten zu ermitteln, wer mit wem was. Danach dann die Quarantäne. Das war doch alles nicht glaubwürdig.

„Mama, du weißt, was Spreader sind?", fragte Wannika noch.

„Ja, sicher, deine Mama weiß so etwas. Wieso auch nicht? Wir leben doch nicht hinter dem Mond!"

„Hartzopf schaut ja jeden Tag beim Koch-Institut rein, auf deren Homepage."

„Wegen der Zahlen?"

„Ja, er liebt die Zahlen."

„Es geht nun mit den Sperrstunden los. Berlin ist nur der Anfang. Die machen alle Städte zu! Pass mal auf! Wir können kaum noch vor die Tür!"

Wannika beendete das Gespräch, das so wenig Freude gebracht hatte. Ihre Mutter konnte nichts dafür, denn die Weltlage war nun mal so. Die Weltlage und die Deutschlandlage.

Hartzopf saß teilnahmslos vor dem Fenster und starrte hinunter. Auf die Straße.

Er durfte nicht mehr arbeiten, weil es nichts mehr zu arbeiten gab. So war das! Noch gab es Kurzarbeit, noch, danach war alles unklar. Vielleicht geriete er ins Arbeitslosengeld, vielleicht auch noch in Hartz IV. Irgendwann. Irgendwann bald.

„Hartzopf, kann es sein, was nicht sein kann!"

„Wannika, wie soll man genießen? Es ist doch nicht da!"

„Soll heute nicht dein Länderspiel kommen? Fußball?"

„Wannika, das ist nicht dein Ernst! Wie soll mich das erfreuen? Ich kann den Fußball sowie nicht mehr leiden, seitdem sie diese Millionengehälter und -summen täglich durchdrehen. Durch alle Konten. Schon ohne Virus war ich es alles leid! Wenn ein Funktionär spricht, mache ich den Ton weg."

„Aber der Walter will doch hin?!"

„In die Ukraine? Wir spielen heute doch auswärts."

„Nicht in Köln?!"

„Nein, aber das wäre auch egal. Ich kann leere Sitzreihen nicht anschauen. Was immer du siehst, es sind leere Sitzreihen."

„Du vergisst, wenn sie Platz lassen. Riesige Fernsehstudios und da stehen dann nur ein paar Tische."

„Man sieht viel Luft, und dieser Abstand versinnbildlicht dann, was wir alle nicht wollen. Es ist nichts mehr. Alles ist nicht mehr. Das ganze Leben ist nur noch ein Ausharren."

Jöchi hatte sich angesagt. Sie war eine kleine, flitzige Person, und sie kam zu den Leuten. Natürlich würde sie eine Maske tragen, aber diese auch abnehmen. Jöchi ging in alle Wohnungen, sie scheute nichts. Wannika war Jöchi so dankbar, dass diese kam. Denn sie selber, Wannika, wäre niemals zu Jöchi gegangen. Warum auch?

„Jöchi, ich drücke, dann kommst du hoch!"

Eine seltsame Ansage. Denn so war es immer. Klingeln, Türdrücker, jemand kam hoch in den 2. Stock.

Jöchi hatte eine hübsche Maske, sie hatte sich diese selber genäht. Vorne sah man einen Bären auf einem Motorrad. Wenn sie sprach, bewegte sich der Bär irgendwie. Das Motorrad auch.

„Wannika", sagte Jöchi, als sie saß. „Ihr müsst doch auch mal raus!"

„Jöchi, wir wissen nicht wohin. Das ist unser Problem!"

„Andere fahren zum Shoppen."

„Jöchi, wir sind arg knapp mit dem Geld. Ich weiß ja nicht, wie es bei dir aussieht. Aber bei uns ist es mehr als ernst."

„Wannika, gute, alte Wannika, dabei warst du doch

früher immer unterwegs!"

„Ich weiß, allein schon die Fahrten mit dem Handballverein. Das waren wundervolle Jahre!"

„Man fragt sich, wo die alle geblieben sind. Unsere Mädels!"

„Rita müsste in Billingen wohnen. Aber was macht Anita, die erste?"

„Ob sie erneut Karnevalsprinzessin wurde?"

„Die Session 2020/21 ist doch de facto abgesagt."

„Du müsstest sagen, was nicht abgesagt ist!"

Jöchi spielte mit dem Besenstiel, den Wannika bereitgestellt hatte. Wannika achtete genau auf Abstand, den Besenstil nahm sie bisweilen hoch und hielt ihn zwischen sich und Jöchi, um zu prüfen, ob man noch Abstand hätte.

Wannika mochte Jöchi, aber sie hatte nichts zu berichten. Ihr Problem war: Es gab kein Leben mehr. Es passierte eigentlich nichts. Man konnte sich also nur erzählen, was man so hörte. Von der Hochzeit in Unna, solche Dinge. Da müssen dann 170 Leute in einem Raum gewesen sein, oder Dortmund? Vielleicht war es in Dortmund gewesen.

„Diese Superhochzeiten, das sind doch alles andere Kulturen."

„Du meinst, weil die immer Tochter und Tochtertochter einladen?"

„Genau so, bei denen sind die Hochzeiten per se größer. Außerdem frage ich mich, wer mit diesen allen diskutiert?"

„Ein Deutsch-Syrer wird doch auch bei Facebook unterwegs sein, denke ich mal."

„Alle sind irgendwo in den Medien unterwegs. Man sieht die Leute nur noch nach unten starren. Aufs Gerät. Ich fahre ja noch mit der Bahn."

„Das las ich kürzlich über eine Markthalle in Bonn. Da hatte sich der Betreiber, der jetzt die Gastronomie schließen will, schon beschwert. Man spräche nicht mehr. Es sei nicht mehr wie früher. Alle würden nur noch stumm in der Marktkneipe sitzen und ins Smartphone starren."

„Dabei fuhr man früher immer zu den Großmarkthallen, wenn man die Nacht durchmachen wollte. Die hatten dann auf. Du konntest um 4:30 Uhr ankommen, die hatten auf. Du bekamst schon einen Kaffee."

„Es wird alles anders, dauernd, beständig."

„Ich bedaure das, aber ich habe auch keine anderen Ideen."

„Wenn die ein Haus räumen, wie jetzt in Berlin, dann wird es doch klar: Ganze Stadtteile kippen um, komplett. Da wird saniert, Miete erhöht, und die Menschen müssen raus."

„Die Vermieter kennen kein Pardon, alles wird ‚saniert', oft sinn- und grundlos. Die Miete explodiert. Wohnungsaktienkonzerne leben von hohen Mieten, also die Aktienbesitzer. Schrecklich, das alles. Hausbesetzer haben es nicht ändern können."

Fliegende Flaschen, brennende Autos und Rangeleien: Bei einer Demonstration gegen die Räumung des Hauses „Liebig 34" in Berlin ist es am Freitagabend zu Gewaltausbrüchen gekommen. Randalierer warfen immer wieder Feuerwerkskörper, Flaschen und Steine gezielt auf Einsatzkräfte, wie die Polizei auf Twitter schrieb. In der Nähe des Hackeschen Marktes wurden Steine in Schaufenster geworfen. Mehrere Autos wurden angezündet.

Das Haus „Liebig 34" – ein Symbol der linksradikalen Szene, um das lange heftig gestritten wurde – war am Freitagmorgen unter Protest geräumt worden. Die Polizei stellte die Personalien von 57 Personen in dem Gebäude fest, entließ sie jedoch anschließend. Ermittelt werde wegen des Verdachts auf Hausfriedensbruch.

„Diese Hausbesetzerei, die ist doch uralt. Ich kannte mal einen aus der Bülow 55."

Jöchi spielte mit ihrem Hausschlüssel, Jöchi starrte ins Küchenregal, Jöchi schaute auf ihr Phone, ob sich was ereignet hatte.

Danach ging Jöchi.

Wannika wollte wieder ein Foto inszenieren, für Instagram. Diesmal am Fenster, Halbprofil.

Hartzopf kam in die Küche, sah die Szene und berichtete vom Wendler.

„Der Sängertyp? Oder wen?"

„Ja, der Wendler, der ist ganz durchgeknallt. Rief auf, Instagram zu verlassen, und man solle ihm nun bei Telegram folgen."

„Mehr nicht?"

„Wannika, das musst du doch mitbekommen haben. Der hat am Donnerstag seinen DSDS-und-nochwas-Vertrag mit RTL gekündigt, per Video, noch auf Instagram. Hat dann was von Verschwörung berichtet. Eine ganz seltsame Sache. Als ob ein Mensch eine Kopfexplosion gehabt hätte."

„Die Leute sitzen zu viel zu Hause rum, und dann wird alles Verschwörung!"

„Aber der hat doch seinen Hauptwohnsitz in Florida. Spricht seltsam daher ... und zerstört ja sein Leben auch. Denn gekündigte Verträge, ich bitte dich. Millionen an Rückforderungen? Hatte der nicht eh schon Steuerschulden bis zur Decke?"

„Ich kenne nur diesen Attila Hildmann, diesen Veganer. Der an allerlei Verschwörungen glaubt und nun Aktivist in dieser Sache ist."

„Genau mit dem soll er doch gesprochen haben, dieser Tage, dieser Wendler. Ich meine: Facebook kann man ja wirklich als Art von Verschwörung betrachten, Datenjäger, Fakeposts in Masse, aber das krude Gesamte, was Wendler da ausgestoßen hat, das war mehr als bizarr."

„Hartzopf, ich will es alles gar nicht wissen. Man möchte nichts hören. Keine Hungersnot, keine Politik. Du kennst meine Regeln."

Dabei hatten noch welche schnell einen TELE-GRAM-Account von Herrn Wendler gefaked. Man blickt in dieser Welt nicht mehr durch. Man kann keiner Aussage trauen, keiner Schriftlichkeit, keinem Bild. Das sagte Hartzopf bedauernd zu Wannika. Ein Udo und ein Matthias bekannten sich nach dem Wendler-Fiasko zu diesem daran angehängten eigenem Faken, sie gaben aber aufklärerische Gründe an.

„Binnen weniger Stunden wuchs unsere Telegramgruppe auf über 25.000 Abonnenten und große Verschwörungsseiten verwiesen auf uns. In der RTL-Sendung von Oliver Pocher sahen wir dann die Chance perfekt zu beweisen, wie schnell auch vernünftige Menschen auf Fälschungen reinfallen, wenn man sie nur glaubwürdig aufbaut. Das selbstgebastelte,

grüne Häkchen < und die Behauptung ‚offiziell und verifiziert' hat vielen gereicht, um zu glauben, dass hier wirklich Michael Wendler schreibt."

Man solle nicht jeden Mist glauben, der im Internet steht, so Udo Bönstrup. Seinen Post beendet er mit den Worten: „Lasst Euch nicht verarschen und schützt Euch vor Corona. Das alles ist zu ernst, um Rattenfängern wie Attila Hildmann, Xavier Naidoo oder Ken Jebsen hinterherzulaufen."

So war ein großes Durcheinander in der Welt. Ein offenbar wirklich wirr gewordener M. Wendler. Und zugleich daran anklebende Meldungen weiterer Menschen, wo das Wirre extra und absichtlich war. Wahr wurde falsch und wieder wahr. Man brauchte 1000 Kilo Kopfmasse, um das alles zu durchforsten. Die Lügenmeldungen von Trump gingen bekanntlich in die Tausende. (Mal als Beispiel.) Welcher Normalmensch soll das bei jeder einzelnen Meldung noch checken können? Wenn jetzt noch jeder Udo solche Fake-Accounts als Wendler beginnt, wie weiter?

Dann das hechelnde „Followen" von anderen Menschen auf den Fake und auf auch auf den wirren (echten) Wendler, der zugleich real wahr und zugleich auch irreal als zweite Fake-Version noch existierte. Das Ganze in der Hoffnung auf: „Da passiert mal was!" Ein Wendler beschäftigt eben. Ablenkung tut allen gut. Fast allen.

Wannika aber hatte Hartzopf verboten, über irgendetwas dieser Art zu sprechen. Auch den Namen Trump wollte sie nicht mehr haben. Sie hatte sich gar nicht vorstellen können, dass es solche Menschen wie Trump real wirklich gäbe. Aber es gab ihn, und es wurde immer schlimmer mit ihm. Wie könne ein Wendler da mithalten?! Welche Realität sollte welche unglaubliche Realität noch übertreffen können?! USA, was wurde aus dir?

„Wie sollen wir beide denn noch reden?", sagte nun Hartzopf. „Und worüber? Du zensierst ja alles."

„Müssen wir denn reden? Wo wir doch warten!"

Sie dachte an ihr nächstes Foto bei Instagram. Die Zahl der Follower betrug 3425. Das war aus ihrer Sicht viel. Auch wenn Angelina Kirsch über 200.000 hatte. 204.3k Followers, 354 Following, 779 Posts. Sie überlegte, ob sie jenes „offiziell" an ihren Namen dranhängen sollte. Wannika dachte nach. Dabei vergaß sie, dass genau das auch ein Ding bei Wendler gerade war. Dieser Zusatz, der alles aufadeln sollte. „Adeln!" und „Aufadeln!" Doppelt wahr erscheinen lassen müsse. Bei allen A-B-C-D-Promis. Dass man

„official" an den Namen dranhängt.

„Warten? Auf die Reise nach Wien? Wann soll die denn sein?!" Das war wieder Hartzopf zu Wannika.

„Wir können doch nicht immer in der Wohnung bleiben!"

„Dann geh doch raus! Mach was Schönes!"

„Was wäre das denn? Was denn?"

„Ich habe keine Idee. Deine Mutter hatte auch keine Idee. Sollen wir meine Eltern mal anrufen?"

„Die haben wenigstens ihren Garten."

„Oh ja, ein Garten im Oktober. Dazu an Tagen, wo es deutlich kühler wird und wo der Regen fällt. Was für eine große Stunde soll so ein Garten denn sein?"

„Vielleicht haben die ja Treffen mit Leuten? Waren die nicht im Verein?"

„Der Bürgerverein? Die machen auch nichts. Nikolaus abgesagt, Martinsgans abgesagt, alles abgesagt. Weihnachtsfeier auch."

„Bei denen hat man aber immer das Gefühl, dass die sich da super wohl fühlen."

„Wenn schon. Für 2020 ist alles abgesagt. Wie willst du dich da wohlfühlen?"

Wannika sagte, sie werde einfach mal was mit dem Fahrrad fahren. Hartzopf nickte mürrisch und wandte sich dem Bildschirm zu. Es schien, als würde er ein

Computerspiel betreiben.

Wannika holte das Fahrrad aus dem Hinterhof (das Fahrrad-Schloss hatte allein 126 Euro gekostet) und fuhr dann durch einen kleinen Teil des Wohnumfeldes. Die Straßen kamen ihr verdammt leer vor. Bei dem Wolllädchen stand immerhin ein Auto, es könnte eine Kundin für Frau Spirrer sein. Dabei hatte sie erst vor 14 Monaten aufgemacht. Nun das! Virus, Virus, Virus!

Wannika wollte sich keine Wolle kaufen. Sie strickte sowieso nicht. Außerdem wollte sie nicht mit Maske einen Laden betreten müssen.

Dabei war die Maskenpflicht ja schon da, in der ganzen Stadt. Draußen nun auch! Nicht nur in Bussen und Bahnen. In München war es so. Und in Köln wohl auch. Man musste dann in der Fußgängerzone auch eine Maske tragen, im ganzen öffentlichen Raum also.

Gestern die Meldung der Stadt, gestern das Merkeltreffen, diese Bürgermeister*innen großer Städte.

Heute war Samstag, ein Tag danach, die Lage würde sich bestimmt verschärfen.

Alles würde schlimmer werden, Ansteckzahlen von über 4.000 Menschen je Tag. In Spanien viel schlimmere Daten. Zehntausende neu. Und nochmals neu!

Freitag, 9. Oktober 2020, 17:26 Uhr

Köln ist auf steigende Infektionszahlen vorbereitet

Zur aktuellen Lage: Mit Stand heute, Freitag, 9. Oktober 2020, gibt es auf dem Gebiet der Stadt Köln den insgesamt 5726. (Vortag 5.592) bestätigten Corona-Virus-Fall. Die Inzidenzzahl liegt in Köln aktuell bei 49,8. 84 Personen befinden sich derzeit im Krankenhaus in stationärer Quarantäne, davon 28 auf der Intensivstation. Dem Gesundheitsamt wurde eine weitere verstorbene Person, die positiv auf das Corona-Virus getestet wurde, gemeldet. Es handelt sich dabei um einen 62-Jährigen Kölner. Bislang sind damit 126 Kölner Bürgerinnen und Bürger, die positiv auf Covid-19 getestet wurden, gestorben. Aktuell sind 684 Kölnerinnen und Kölner mit dem Corona-Virus infiziert.

Wannika zog sich die Kapuze zu, an dem Bändchen, damit der nasskalte Wind nicht so leicht an ihre Backen käme. Sie radelte weiter. Ihr Rad war schwarz, der Himmel verhangen. Bei so einem Wetter musste man eh nicht vor die Tür.

Den Geburtstag von Tante Walli hatte man verschoben. Wannika musste nun daran denken. Sie wäre 85 geworden, würde so alt, wird so alt, bald, das wurde sie immer noch. Aber außer Sohn Harry und Schwiegertochter Kaja (nicht Katja, nein, Kaja) würde sie niemand besuchen, an eben diesem Tag. Es war der 20. Oktober, wenn sie 85 Jahre alt werden würde. Vielleicht holte der Virus Walli vorher sowieso noch aus der Welt? Wusste man das? Wusste man das nicht?

Konnte nicht jeder geholt werden? Man denkt immer, die hungern irgendwo. Im Sudan. Oder wo? Aber wir, wie sind doch reich und haben Nahrung. Ja, schon. Aber nun hatten wir auch dieses Virus. Wir auch! Unsere Zahlen waren die besten, bestimmt, die im Sudan stimmten wohl weniger. Aber wir alle hatten das Virus. Oder dann auch die Krankheit. Wohne mal in einer Blechhütte in einem Ghetto! Wohne da mal! In Indien! Wie willst du dich vor einem Virus schützen? Welches Gesundheitsamt soll wo die Infektionsketten aufschreiben? Nachvollziehen? Wer wird wie in Quarantäne noch gehen? Beispiel: Khayelitsha bei Kapstadt. Auch so ein berüchtigter Slum. Wer soll da wie gegen ein Virus kämpfen?

Wannika hatte aber nun eine Idee: Sie spielte leidlich Geige ... und Hartzopf spielte leidlich Gitarre. Man könnte doch heute ein Ständchen vor einem Altersheim ableisten. Regen sollte es eher nicht geben, wenn, dann kurz. Die Gradzahl war mit 15 so, dass man noch spielen konnte. Die Hände würde nicht einfrieren. Wäre das nicht mal eine echte Aktion?

Und wieder kam ihr Köln in den Sinn, Frau Reker, gerade wiedergewählt. Maßnahmen in allen Städten, so oder so oder anders. In Köln aktuell so:

Entscheidungen des Krisenstabes

Für den Fall einer 7-Tages-Inzidenz von über 50 hat sich die Stadt Köln mit dem Landeszentrum Gesundheit und der Bezirksregierung auf folgende weitere Maßnahmen verständigt, die ab Samstag, 10. Oktober 2020, in Kraft treten:

- Im Öffentlichen Raum dürfen sich nicht mehr zehn Personen gemeinsam treffen, sondern nur noch fünf.

- Ab 22 Uhr gilt ein Alkoholkonsumverbot im öffentlichen Raum

- An Wochenenden (Freitag 20 Uhr bis Montag 6 Uhr) gilt darüber hinaus ein Verkaufsverbot von Alkohol an HotSpots

- Eine Pflicht zum Tragen einer Mund-Nasen-Bedeckung im öffentlichen Raum, dort, wo sich viele Men-

schen begegnen und der Abstand von 1,5 Metern nicht eingehalten werden kann. Jeder, der zu Fuß in der Stadt, also in Fußgängerzonen und Einkaufsstraßen unterwegs ist, muss eine Maske tragen.

- Im Einzelhandel gilt eine neue Quadratmeter-Regel: sie wird auf zehn Quadratmeter pro Kunde erhöht.

- Private Feiern außerhalb der eigenen Wohnung werden auf maximal 25 Personen begrenzt.

- Von privaten Feiern in der eigenen Wohnung wird dringend abgeraten. Ein Abendessen mit wenigen Freunden ist möglich, aber keine Partys. Zehn Personen erscheinen hier als maximale Anzahl sinnvoll.

Was macht die Stadt, was das Land? Welche Regeln gelten wo, welche sind höherwertig? Stimmt alles überein oder widerspricht sich NRW da in Bezug auf die Stadt Köln. Chaos! Würde sie mit Hartzopf Musik spielen, auf der Straße, wäre das wohl keine private Feier. Wo müsste sie nachgucken, um zu wissen, was man darf und was nicht? Wann war die Verordnung des Landes wichtig, wann die der Stadt? Was war höherrangig über wen? Sie blickte kaum durch.

Hartzopf hatte es ja erzählt, bei dem Fitness-Studio, wo er war, dass da der Chef dauernd alles durchguckt. Der hatte gesagt, das kann sich ja jede Minute ändern. Morgens stand der an einem Stehtisch und las sich immer durch, welche Anordnung gerade wie gilt. Die Gastronomen sprachen derweil nur noch von der Sperrstunde. Kinobesitzer und Theaterleute sollen schon gar nicht mehr sprechen, das war so ein „Running Gag". Inhalt: Wenn nichts mehr ist, wirst du schweigsam.

Die Frage wäre ja auch, wer wann wie schließen würde. Und das „Schließen" wäre dann Aufgabe des Unternehmens, Konkurs, Ende, alles vorbei.

Dabei tat Wannika nichts. Sie hatte ein Stipendium, sie sollte da was schreiben, man gab ihr drei Jahre Zeit. Aber erforscht oder geschrieben hatte sie noch nichts. Wannika wusste, dass es so nicht weitergehen konnte, aber Hartzopf blieb immer recht cool. Sie warfen das Geld zusammen. Sie bekam aktuell mehr als Hartzopf, weil der ja in Kurzarbeit war ... und zugleich freigestellt.

Mutter Maria hatte schon seit sechs Monaten nicht mehr gefragt, was denn die Arbeit macht. Mutter schwieg zu diesem Thema. Aus Fürsorge? Aus Mitleid? Auch Jöchi hatte sich nicht mehr zu den Forschungen der Wannika geäußert.

Zugleich war es so. Wenn jemand fragte, konnte sie immer sagen, sie müsse dahin und dorthin. Es gäbe jenes Archiv, es gäbe auch solches. „Die Anfänge des Tagesspiegels", so hatte sie mal was gelesen. Etwas mit „Die Anfänge ..." schwebte ihr auch vor. Viel mehr war aber noch nicht da. Außerdem ging es bei ihr nicht um Zeitungen.

Wannika hatte von jenem Klausens auch gelesen, der immer diese Tagesromane schrieb. Das gefiel ihr gewiss auch, hatte aber nichts mit ihren Forschungen gemein. Sie hatte hingegen überlegt, sich mit Covid-19 zu befassen, weil es aktuell ein Thema war.

Es gab da Bücher:

Die Wahrheit über Covid-19
Licht ins Dickicht der Halbwahrheiten und wie Sie sich vor dem Virus schützen können

Covid-19: Was in der Krise zählt. Über Philosophie in Echtzeit
[Was bedeutet das alles?]

Corona Fehlalarm? Zahlen, Daten und Hintergründe. Zwischen Panikmache und Wissenschaft: welche Maßnahmen sind im Kampf gegen Virus und CO-

VID-19 sinnvoll?
Daten, Fakten, Hintergründe

Covid-19 – neuartig, gefährlich, besiegbar!

COVID-19: Falsche Pandemie
Die fatalen Fehler der Weltgesundheitsorganisation und was sie auslösten

COVID-19 - Ein Virus nimmt Einfluss auf unsere Psyche
Einschätzungen und Maßnahmen aus psychologischer Perspektive

Covid-19
Virus-Pandemie - ein Weckruf!

COVID-19
Versicherungs- und haftungsrechtliche Aspekte

COVID-19
Ein makrobiotischer Ansatz zur Prävention und Regeneration auf pflanzlicher Basis

Also, da war ja einiges dabei. Vielleicht auch mal wieder ein verschwörungsaktives Buch. Man bräuchte keine Literatur, wenn auch Sachbücher bisweilen Literatur spielen, dachte Wannika angesichts der Titel, die sie zu Covid-19 gestern noch nachgeguckt hatte.

Zu Wannikas Arbeiten gab es weiter nichts zu sagen. Es ist auch unwahrscheinlich, dass Wannika bis zur Fertigstellung der Romanovelle, an der wir gerade lesen, selber etwas Grundlegendes zu Papier gebracht hätte. Vielleicht brauchte Wannika diesen Freiraum einfach! Vielleicht musste sie brüten, damit dann auch etwas herauskäme! Das Virus zwingt die Leute ja zum Innehalten.

Wenn man dann nicht mal mehr reisen kann, wird alles zwangsmäßig zur Geistesbrüterei. Wannika wollte akut nach Wien, mit Hartzopf. Aber sie hatte natürlich die ganze Länderliste durchgeguckt. Um zu dem Ergebnis zu kommen, man könne nirgendwo mehr hin. Quasi.

Informationen zur Ausweisung internationaler Risikogebiete durch das Auswärtige Amt, BMG und BMI

Stand: 7.10.2020, 19:00 Uhr

English: Information on the designation of international risk areas (PDF, 96 KB, Datei ist nicht barrierefrei)

For previous versions in English please see „English archive" below

Neu seit der letzten Änderung:

Bulgarien: der Verwaltungsbezirk/Oblast Targowischte gilt als Risikogebiet.

Kroatien: die Gespanschaften Vukovarsko-srijemska, Sisačko-moslavačka, Krapinsko-zagorska županija gelten als Risikogebiete.

Litauen: der Verwaltungsbezirk Kaunas gilt als Risikogebiet.

Niederlande: das gesamte Land mit Ausnahme der Provinz Zeeland und das. autonome Land Curacao gelten als Risikogebiet.

Rumänien: das gesamte Land gilt als Risikogebiet.

Slowakei: die Verwaltungsbezirke/Kraj Zilina, Prešov, Bratislava, Nitra und Trnava gelten als Risikogebiete.

Slowenien: die Regionen Zasavska, Gorenjska, Osrednjeslovenska, und Savinjska gelten als Risikogebiete.

Ungarn: die Regionen/Komitate Nógrád, Baranya, Hajdú-Bihar, Jász-Nagykun-Szolnok, Borsod-Abaúj-Zemplén, Komárom-Esztergom und Szabolcs-Szatmár-Bereg gelten als Risikogebiete.

Tunesien: das gesamte Land gilt als Risikogebiet.

Georgien: das gesamte Land gilt als Risikogebiet.

Jordanien: das gesamte Land gilt als Risikogebiet.

In Frankreich die Region/ Insel Korsika und in Kroatien die Gespanschaft Brodsko-Posavska gelten nicht mehr als Risikogebiete.

Die Einstufung als Risikogebiet erfolgt nach gemeinsamer Analyse und Entscheidung durch das Bundesministerium für Gesundheit, das Auswärtige Amt und das Bundesministerium des Innern, für Bau und Heimat.

Unten aufgeführte Staaten werden aktuell als Gebiete, in denen ein erhöhtes Risiko für eine Infektion mit SARS-CoV-2 besteht, ausgewiesen. In Klammern ist aufgeführt, seit wann das Gebiet als Risikogebiet gilt. Am Ende der Seite finden Sie eine Zusammenfassung der Gebiete, die zu einem beliebigen Zeitpunkt in den vergangenen 14 Tagen Risikogebiete waren, aber derzeit KEINE mehr sind.

Für Einreisende in die Bundesrepublik Deutschland, die sich zu einem beliebigen Zeitpunkt innerhalb der letzten 14 Tage vor Einreise in einem Risikogebiet aufgehalten haben, kann gemäß den jeweiligen Quarantäneverordnungen der zuständigen Bundesländer, eine Pflicht zur Absonderung bestehen.

Und das war ja nur das Neue. Darunter dann angefangen bei Afghanistan (seit 15. Juni) über Kroatien bis Zentralafrikanische Republik (seit 15. Juni).
www.rki.de/DE/Content/InfAZ/N/Neuartiges_Coronavirus/Risikogebiete_neu.html, da schaute sie immer. Es war schon wie eine Sucht für Wannika geworden, den neuesten Stand zu kennen. Land für Land. Landesteil für Landesteil.

Kroatien – die folgenden Gespanschaften gelten derzeit als Risikogebiete:

Dubrovnik-Neretva (seit 9. September)
Krapinsko-zagorska županija (seit 7. Oktober)
Lika-Senj (seit 23. September)

Požega-Slawonien (seit 9. September)
Sisačko-moslavačka (seit 7. Oktober)
Split-Dalmatien (seit 20. August)
Virovitica-Podravina (seit 16. September)
Vukovarsko-srijemska (seit 7. Oktober)

Hunderte Einträge. So schien es. Wie viele Länder kennt die Welt? Und wo dürfte man hin, ohne dass es Beschränkungen und Warnungen und Ängste und Befürchtungen und Verdammnis gäbe?

Wannika kam wieder zuhause an, stellte das Fahrrad ab, nahm das superteure Fahrradschloss und fühlte sich unheimlich umweltbewusst. Vor einem Jahr hatten alle über Greta gesprochen, dieses Jahr sprachen alle über Corona. Wie schnell doch alles gehen konnte. Themen änderten sich, Menschen änderten sich. Heute brennt es da, morgen ist es dort schon vergessen. Sind die Heuschrecken noch in Afrika aktiv? Aufregung binnen Sekunden, schnelles Vergessen, und schon warten wir auf den nächsten Sturm.

Zur Zeit wird Hurrikan Delta der Kategorie zwei zugeordnet. In seiner Zugbahn war er aber auch schon um einiges stärker. Am 4. Oktober hatte das National Hurrican Center (NHC) mit Hauptsitz in Miami den wer-

den Sturm schon im Blick und am 5. Oktober bekam der tropische Sturm seinen Namen Delta. Er ist der 25. benannte Sturm der Hurrikansaison 2020 und hat damit den Rekord des frühesten 25. Sturms um 41 Tage unterschritten. Innerhalb von nur 24 Stunden intensivierte sich von Delta von Windgeschwindigkeiten von nur 55 km/h auf 215 km/h und wurde damit in Kategorie 4 eingestuft. Das war die schnellste Intensivierung im Atlantik seit Hurrikan Wilma im Jahr 2005.

Sie öffnete die Haustür im 2. Stock.

„Hartzopf, ich bin wieder da!"

„Super! Aber was nun?!"

Wannika trat an den Bildschirm des Hartzopf-Mannes ran. Es war kein Computerspiel, sondern irgendeine Länderliste. Hartzopf dachte an dieselben Dinge wie sie. Das schweißte beide zusammen. Seit acht Jahren schon.

„Ich dachte an das Altenheim Sankt Margitta!"

„Du willst spielen? Draußen?"

„Du doch auch!"

„Wannika, wir müssen etwas machen. Wir können nicht nur rumsitzen. Du hast ganz recht!"

„Dann hole doch deine Gitarre und stimme sie. Außerdem brauchst du den Gitarrenkoffer, damit wir loskönnen."

„Und du?"

„Ich nehme die Geige. Nicht die gute, sondern die Übungsgeige, die ich vor 12 Jahren im Musikhaus Klimpler gekauft habe. In Aschbrunn."

„Das erinnert mich an WIRECARD, wo saßen die noch mal?"

„Aschheim. Aber du weißt, dass ich über diese Dinge nicht reden will."

„Für dich scheint ja alles tabu! Wanni! Das geht doch nicht!"

„Nenn mich bitte nicht Wanni, das habe ich dir auch schon 1000 mal gesagt!"

„Okay, dann nenne ich dich ‚Die Wanne ist voll'!"

„Was sollen die blöden Späße, Hartzopf? Ich spreche deinen blöden Namen immer korrekt aus."

„Ja, weil du mich nicht liebst. Deshalb. Würdest du mich lieben, würdest du mir Kosenamen geben."

„Das sind deine Regeln, nicht meine."

„Deine Regeln? Du bist doch auf dem Covid-19-Trip. Vollständig. Das sind *deine* Regeln. Was NRW sagt, das sagst auch du. Laschet-Nachsprecherin. Und: Was Köln sagt, das denkst auch du!"

„Willst du mir jetzt vorwerfen, dass ich eine Forschungsarbeit zu bewältigen habe. Die uns beide zudem auch ein bisschen ernährt, weil du ja in Kurzarbeit nur noch herumweinst."

„Wäre es dir lieber, ich hätte selber ein Bistro-Lokal, was ich nun schließen müsste. Untergang? Da ist Kurzarbeit ja noch die bessere Lösung."

„Und was sollen die sagen, die ganz abgewickelt werden? Ich sage nur KARSTADT!"

„Die machen wieder massig zu."

„Früher gab es Hertie und Kaufhof und Horten und Karstadt. Heute ist alles eins, und dauernd wird noch geschlossen. Dazu hätte es Covid-19 nicht gebraucht."

„Da hast du vollkommen recht, Wannika, aber es ist auch andersherum. Viele nutzen die Sache, um mal ordentlich zu schließen. Die hatten es eh vor, berufen sich jetzt aber über Umsatzeinbrüche im Laufe der Pandemie."

„Herr Trump würde sagen: Es gibt keine Pandemie, es gibt kein Corona, es gibt nichts mit Covid-19."

„Und das, wo er selber davon befallen war, oder noch befallen ist. Man will es nicht glauben!"

„Die Idee ist, du musst alles leugnen, sobald du es mehr als dreimal tust, denken die Leute: Es muss stimmen. Das ist ein tiefenpsychologischer Effekt. Es funktioniert!"

„Du wolltest doch nicht, dass über Trump geredet wird!"

„Sorry, es geht ja um meine Forschungen dabei.

Da mache ich eine Ausnahme."

„Psychologie ist ein Thema für sich. Wannika, du weißt, ich habe nichts studiert. Aber dumm bin ich deshalb nicht."

„Das habe ich ja gar nicht behauptet."

„Ich bin ein Genie, ich bin ein Genie, ich bin ein Genie!"

„Warum sagst du es dreimal?"

„War doch deine These. Beharrlich lügen, irgendwann glauben es die Leute. Der Trump-Effekt. Also sage ich nun alles dreimal, und schon wird es wahr."

„Beispiel?"

„Ich habe lecker gekocht, lecker gekocht, lecker gekocht!"

Das stimmte jetzt wirklich, es roch nach Frikadelle, es roch auch nach Bratkartoffeln. Leider so gar nicht gesund. Wannika hoffte, dass Greta nie davon erfahren würde, was Hartzopf hier zusammenkochen konnte. Und wollte. Auch Luisa Neubauer sollte nie davon erfahren.

Wannika würde sicher kein Fotobild machen, wo sie daselbst für INSTAGRAM eine Frikadelle aß. Dabei dachte sie schon wieder an das nächste Bild. Gerne wäre sie mal wohin gereist, wo es schöne Motive gäbe. Vielleicht auf Teneriffa? Da dann viele Selfies von ihr. Und dann posten. Ihre Followerzahl sollte noch dieses Jahr auf 5.000 steigen: Das war eines ihrer Ziele.

5.000!

Mit der Followerzahl wollte sie natürlich wieder von allem ablenken. Bei Fridays war sie aber dabei, immer. Irgendwie schon zu alt, aber nicht alt genug für eine Elterngruppe ... ging sie damals immer mit. Aber jetzt war auch das alles auf Pause gestellt.

„Hartzopf, ich dachte wir machen das mit dem Altersheim. Musizieren."

„Machen wir ja. Aber essen müssen wir auch!"

Da das Essen warm war, musste jetzt gegessen werden. Wannika fragte sich, wann er das zubereitet hatte. Sie war doch nur kurz mit dem Fahrrad unterwegs gewesen. Er saß am Bildschirm, als sie losfuhr. Er saß am Bildschirm, als sie zurückkam. Dennoch gab es Frikadellen.

Wannika würde das auch für ihre Forschungen notieren. Ihr Kopf spielte verrückt. Bei wie vielen Leuten spielte der Kopf verrückt? Dabei hatten sie gar keine Quarantäne, das war ja dann noch eine extra Ausnahmesituation.

Den Lockdown hatten sie noch gut überstanden, war jetzt auch schon Wochen her. Dann gab es Frühjahr und Sommer. Alle hofften, das war es nun!

Draußen sein, Abstand, ohne Maske. Sie erinnerte sich noch ans Günderode-Haus, draußen, Blick auf den Rhein. Herrlich. Was der Filmmann Edgar Reitz mal hatte hinsetzen lassen. Von A nach B, vom Hunsrück hier zum Rhein. In oder bei Oberwesel. Man guckte jedenfalls auf den Ort hinab.

Man musste mit Gesichtsschutz seine Getränke selber holen, konnte aber dann sitzen, ohne Schutz, und fröhlich ins Tal und auf den Rhein und auf Oberwesel starren.

Das war der Sommer gewesen.

Nun aber Herbst, Nässe, Oktober. Es gab keine „kleinen Fluchten" mehr. Wie schlimm für Jugendliche! Du musst ja immer raus, Freitag und Samstag auf alle Fälle, weg von den spießigen Eltern. Und jetzt kannst du nirgendwohin. Du kannst dich nicht mit Deinesgleichen treffen. Da ist ja logisch, das man sich Geheimpartys ausdenkt, wilde Treffen, irgendwo, und sei es eine trockene Scheune. Und dann geht das mit dem Anstecken und dem „Spreaden" wie bei einem Maschinengewehr. Genau so!

„Die Frikadellen sind gut, Hartzopf. Aber eigentlich bin ich ja vegan. Das weißt du natürlich!"

„Ich wollte dich nicht verführen. Aber so 100 % warst du doch noch nie!"

„Das stimmt. Das heißt aber nicht, dass ein Mann

mich nun zum Fleisch verführen soll oder muss."

„Wir machen das wie im Gasthaus: Sie, Frau Hänter, können Ihre Speisen auch einpacken lassen und mitnehmen."

„Und wohin?"

„Du könnest deiner Mama die Frikadellen mitbringen."

„Und wann komme ich nach Marburg? Wann?"

„Wannika, bitte rege dich nicht gleich so auf! Das ist ja schrecklich! Wir sollten das Essen kürzer halten und los zu dem Heim."

So ließ man also die Teller stehen, das Essen stehen, die Gläser mit dem Mineralwasser zudem.

Danach dann Abmarsch.

Das Stimmen der Gitarre ging schnell. Das wurde davor noch geschoben.

Die Geige war bereits gestimmt, weil Wannika gestern Abend noch eine halbe Stunde dahingejault hatte. Hartzopf-Sprech-Art: dahinjaulen. Aber Wannika konnte darüber lachen. Endlich mal.

Sie gingen durch das herbstige Wetter. Wannika bezweifelte, ob man „herbstige" sagen dürfe. Hartzopf aber erklärte sich als über allen Regeln stehend. Wenn er „herbstige" sagen wolle, tue er das. Da gäbe es kleine Gemeinsamkeit zu diesem

Trump.

Wannika verbat sich wiederum das Wort Trump und bat um eine Wiederholung von „dahinjaulen".

Das sagte Hartzopf dreimal, weil es dann wahr würde. Hartzopf sagte auch dreimal, Wannika sei die beste Geigerin der Welt. Das auch. Er erinnerte auch an das neue Album des Stargeigers, der in drei Tagen dann 4000 tausend Shows und Sendungen besuchte, Reklame-Einladungen, „Alive" hieß das. Und sie wären ja heute auch „Alive".

Wannika gab zu bedenken, dass ungeklärt sei, ob man eine Erlaubnis brauche.

Zum Spielen?, wollte Hartzopf wissen.

Wannika sagte, ja, ja, der Regeln seien so viele, man verlöre den Überblick, aber wahrscheinlich sei ja wohl doch so ein Spielen anzumelden.

Hartzopf wusste dazu nur eines: „Die blicken doch selber nicht mehr durch. Wenn die jetzt mit dem Ordnungsamt alle Hochzeiten eines Wochenendes besuchen wollen, dann haben die für nichts anderes mehr Zeit und Raum."

Das überzeugte Wannika.

Sie würden also spielen.

Vor dem Heim legte Hartzopf seinen Koffer auf den Asphalt und packte die Gitarre aus. Wannika trat per Smartdings mit Jöchi in Kontakt.

Hartzopf überlegte, ob sie es auf WhatsApp tat oder nun neu auf Telegram. Bei all der Durchspionage aller Botschaften war man sich seiner Sache nicht mehr sicher. Er redete immer auf Wannika ein, den ganzen Posting-Quatsch komplett zu lassen, weil doch alles aufgezeichnet würde. Weil man alle ihre Kontakte abgreifen würde, weil alles nur unsicher sei.

Aber Wannika blieb unbeirrt. Sie gebe gerne ihre Daten preis, das sei nun mal so. Er, Hartzopf, solle nicht immerzu übertreiben. Außerdem gäbe es ihren Instagram-Account, den würde sie nie kündigen. Die Fotos müssten sein.

Er hielt die Gitarre schon in der Hand, da erzählte er ihr noch von den Cookie-Einstellungen und den Cookie-Texten. Wenn man sich das mal durchlesen würde, je nach Homepage, dann wüsste man sofort, das man in einer Überwachungsgesellschaft lebe. Mit dem Coronavirus sei die Überwachung ja nötig, das könne er ja verstehen, wegen Rückverfolgung und so, Tracing, dass man seine Daten überall einträgt – aber fernab vom Virus müsse man sich die Cookie-Texte angucken.

Ganz genau mal!

Cookie Tracking für das beste adidas-Erlebnis

Mit der Auswahl "Akzeptiere Tracking" erlaubst Du adidas die Verwendung von Cookies, Pixeln, Tags und ähnlichen Technologien. Wir nutzen diese Technologien, um Deine Geräte- und Browsereinstellungen zu erfahren, damit wir Deine Aktivität nachvollziehen können. Dies tun wir, um Dir personalisierte Werbung bereitstellen zu können sowie zur Sicherstellung und Verbesserung der Funktionalität der Website. adidas kann diese Daten an Dritte – etwa Social Media Werbepartner wie Google, Facebook und Instagram – zu Marketingzwecken weitergeben. Bitte besuche unsere Datenschutzerklärung (siehe Abschnitt zu Cookies) für weitere Informationen. Dort erfährst Du auch wie wir deine Daten für erforderliche Zwecke (z.B. Sicherheit, Warenkorbfunktion, Anmeldung) verwenden.

Hartzopf konnte sich tagelang über alles das aufregen. Alle machten mit, auch „anerkannte" Presseorgane. Im Internet wollten sie User ausspionieren, so gut es gehe. Das sei hemmungslos. Das sei der Trump-Effekt. Alle werden hemmungslos! So hatte er noch zu Schubbi gesprochen, seinem besten Freund, mit dem er auch mal Fußballspiele guckte. Heute Abend aber nicht, weil Fußball für ihn out war. Die Nationalmannschaft langweilte ihn zudem. Er konnte die glattgebügelten Bierhoff-Statements nicht mehr ertragen. Dem Löw mochte er auch nicht zuhören.

Alle Internet-Seiten hätten zudem Texte zu angeblich „notwendigen" Cookies, die sowieso eingeschaltet sind. Also „an." Dem kann man sich gar nicht entziehen. Die Begründung ist dann, dass die Website sonst nicht richtig funktionieren täte. Sagte Hartzopf.

Notwendige Cookies helfen dabei, eine Webseite nutzbar zu machen, indem sie Grundfunktionen wie Seitennavigation und Zugriff auf sichere Bereiche der Webseite ermöglichen. Die Webseite kann ohne diese Cookies nicht richtig funktionieren.

Außerdem stand jetzt immer wieder etwas von „berechtigtem Interesse", das waren Werbekunden, und die Häkchen waren bei vielen Seiten, also die Sachen waren alle „eingeschaltet", ohne dass man das als Benutzer merken konnte. Ganz schlimm. Man wollte es gar nicht mehr lesen. Denn bei jeder Website war offenbar gedacht (also: nicht reell gedacht, aber man tat so), dass man eine Stunde liest und klickt, um sich wirklich all des Schreckens gewahr zu werden. Da das niemand konnte, tippten alle ein schnelles Ja. Oder den kruden Befehl „Alles akzeptieren", der dann noch so schön farbig unterlegt ist, wo man dann nichtsahnend der Komplettbespitzelung zustimmte.

Für die Ihnen angezeigten Verarbeitungszwecke können Cookies, Geräte-Kennungen oder andere Informationen auf Ihrem Gerät gespeichert oder abgerufen werden.

Anzeigen können basierend auf einem Profil personalisiert werden. Es können mehr Daten hinzugefügt werden, um Anzeigen besser zu personalisieren. Die Anzeigen-Leistung kann gemessen werden.

Inhalte können basierend auf einem Profil personalisiert werden. Es können Daten hinzugefügt werden, um Inhalte besser zu personalisieren. Die Leistung von Inhalten kann gemessen werden. Erkenntnisse über die Zielgruppen, die die Anzeigen und Inhalte betrachtet haben, können abgeleitet werden.

Ihre Daten können verwendet werden, um bestehende Systeme und Software zu verbessern und neue Produkte zu entwickeln.

Diese Anbieter unterstützen nicht das „Transparency and Consent Framework" des IAB und werden daher separat aufgeführt. Auch diese Anzeigen können basierend auf einem Profil personalisiert werden. Es können mehr Daten hinzugefügt werden, um Anzeigen besser zu personalisieren. Die Anzeigen-Leistung kann gemessen werden.

Hartzopf hasste diese Textsorte, zugleich nahm er es Wannika übel, weil sich diese für alles das überhaupt nicht interessierte. Sie würde jetzt schon wieder überlegen, welches Foto sie mit Geige in ihren Instagram-Account einstellen wollen würde. Oder könnte. Das Wetter war düster, aber er kannte seine Wannika zu gut. Die würde warten, bis der Himmel aufriss, und dann würde sie ein Selfie machen. Oder sie würde Jöchi anflehen, diese möge doch von ihr ein Foto machen, während sie Geige spielte.

Nun hatten also beide ihre Instrumente in der Hand. Man sah keinen Menschen. Durch den Vorbau des Heimes in Glas konnte man eine Person sich bewegen sehen. Ja, mit Rollator, also eine Heimbewohnerin.

Jöchi kam an, gerade rechtzeitig. Sie hatte die Botschaft von Wannika bekommen und würde auch ein paar Fotos machen. Sie kam sogar mit der Idee eines Live-Streamings. Das begeisterte Wannika, Hartzopf fand das gar nicht gut. Er würde aber nachgeben müssen, das schien klar.

Außerdem musste man wieder fürchten, dass Wannika mit ihren Forschungsarbeiten beginnen würde, in Sätzen, in Äußerungen, und mit dem Geld, was sie dank ihres Stipendiums derzeit der Lebensgemeinschaft zuführen konnte. Davon wollte Hartzopf nix hören.

Jöchi lebte mit einem William zusammen, der aber immer am Arbeiten war. Er war irgendwie in der Verwaltung einer Supermarktkette aktiv. Da schien es gut zu laufen. Von Kurzarbeit keine Rede. William hatte auch mal von den 5 % und 16 % gesprochen, der zeitweise gesenkten Mehrwertsteuer, und wie viel man sparen konnte, wenn man jetzt extra viel zum Essen in den Supermärkten kaufen würde.

Hartzopf belächelte das, aber jener William war ja jetzt gar nicht da. Wahrscheinlich musste der wieder arbeiten. Oder er konnte wieder im Verein trainieren. Denn trotz Corona hatten die ganzen Fußball-Ligen von ganz unten bis ganz oben ja wieder angefangen zu spielen.

Würde eigentlich ein Kreisligaspiel ausfallen, wenn die Nationalmannschaft spielte? Diese brennende Frage raste gerade durch Hartzopfs Kopf. Weil ja Erste Liga und Zweite Liga nicht spielen, an solchen Tagen. Dritte Liga? Es war ihm unklar. So vieles war unklar in einer Welt, in der die Informationen überquellten. Quollen? Demnach auch die Fragen.

Wannika spielte, Hartzopf dazu Akkorde. Es war eine Volksliedweise. Guter Mond. Das kam gut. Das Jaulen der Geige, dazu die Rhythmen via Gitarrenakkorden. „Guter Mond" geht ja eher langsam dahin.

Wannika hörte dann auf mit der Geige und hatte sogar die Traute zu singen:

> *Guter Mond, du gehst so stille*
> *In den Abendwolken hin,*
> *Bist so ruhig, und ich fühle,*
> *Daß ich ohne Ruhe bin!*
> *Traurig folgen meine Blicke*
> *Deiner milden, heitern Bahn;*
> *O wie hart ist das Geschicke,*
> *Daß ich dir nicht folgen kann!*

Nun konnte man sehen, wie erste Personen sich an den Fenstern einfanden. Da, wo Wohnungen waren, wurden die Vorhänge zur Seite geschoben. Da, wo Gänge waren, Versorgungstrakte, musste man nichts zur Seite schieben. Manche Fenster gingen auch auf. Das zog sich dann über viele Minuten hin. Es dürften 32 Personen gewesen sein, vielleicht auch 34, die so das Gespiele von Wannika und Hart-zopf hörten.

Wenn man die Ohren genau spitzte, würde man auch Jöchi hören, die das Live-Streaming durch-führte (via Facebook?) und dann kommentierend auch manchmal leise dazu sprach.

Jedenfalls gab es nach dem Mondlied auch Applaus. Das war ja schön!

Wannika weinte ein bisschen. Das Lied hatte bei ihr Pforten geöffnet. Sie musste daran denken, dass es Sperrstunden in Frankfurt und Berlin gab. Und in welchen Städten noch? Dabei hatten die Leute im Heim sowieso Sperrstunde. Als alter Mensch in einem Heim hast du de facto auch immer Sperr-stunde, weil draußen das normale Leben ist, wäh-rend du drinnen denkst: „Ich bin alt und nutzlos. Was mache ich hier? Ich warte auf Besuch? Aber von wem? Und wenn der Besuch da ist, was mache ich dann mit dem Besuch? Freue ich mich über-haupt über den Besuch?"

Sobald die Besuche aber verboten wurden, weil es Infektionszahlen in einem Heim gab, die dazu zwangen, wurde alles ganz anders. Dann wurden den Besuchen von früher nachgeweint, die es heute nicht mehr geben durfte. Dann weinten alle erwachsenen Kinder vor den Kameras und bedauerten, dass sie ihre Anverwandten nicht in den Arm nehmen durften.

Es gab auch solche, die unten standen, so wie jetzt die zwei Musikanten, und dann schreiend mit der Mama von 94 Jahren kommunizierten, weil sie nicht hochkommen durften.

Wegen der Sicherheit konnte alles und jedes eingeschränkt sein. Man wusste es nicht. Würde eine unvorsichtige Person ein Heim betreten und bei 10 Menschen das Virus hinterlassen, müsste man dann das ganze Heim abriegeln. So ging es ja wieder und wieder.

5 Blöde ... und die ganze Schule zu. 8 Doofe ... und das Krankenhaus ist am Ende. 12 Bekloppte ... und eine ganze Stadt gerät ins Visier. Dann steigen die Messzahlen, und je nachdem, was die Ministerpräsidentinnen und -ten absprechen, auch mit Frau Merkel, passiert dieses oder jenes. Dann ist Hagen plötzlich zu. Oder Bremen.

Ganz schlimm schienen auch freikirchliche Gemeinden zu sein, nicht alle, aber einige, die auch im Trumpstil alles negieren. Und schon sind die und die infiziert, und dann muss der ganze Kindergarten wo geschlossen werden, weil drei Kinder aus eben dieser Gemeinde auf diesen Kindergarten gehen.

Da kann man schon wütend werden. Geschlossen, aus, zu. Und wenn Mama oder Papa nicht Hausfrau/-mann spielen können, geht der Ärger los, nein, die Sorge. Wohin mit unserem Kind? Und dann soll da noch eine Wirtschaft funktionieren?

Diese Dinge wurden jetzt diskutiert. Jöchi und Wannika und Hartzopf standen mit einem älteren Herrn zusammen, auf Distanz, Wannika hatte auch ihren Distanzbesenstil dabei. Aber sie diskutierten nun leidenschaftlich alle Themen, die irgendwie mit dem Virus und der Krankheit zusammenhingen.

Der ältere Herr könnte ein Bewohner gewesen sein, der nun gerade Ausgang hatte. Er könnte aber auch irgendeine Person gewesen sein, die nun gerade vorbeikam.

Derweil verharrten die Musik-Zugucker aus dem Heim auf ihren Positionen. Man hoffte auf noch ein Lied.

Wannika kannte X Lieder, meist Volkslieder. Und konnte die meisten ohne Noten auf der Geige. Mit Hartzopf hatte sie aber nur 10 oder 11 davon einstudiert, denn Hartzopf musste ja mit den Akkorden der Gitarre etwas halbwegs Vernünftiges beisteuern können.

Sie machten dann „Heute hier, morgen dort", den Song von Wader. Danach kam noch:

Muss i denn, muss i denn
zum Städtele hinaus, Städtele hinaus,
Und du, mein Schatz, bleibst hier?
Wenn i komm', wenn i komm',
wenn i wiedrum komm', wiedrum komm'
Kehr' i ein, mein Schatz, bei dir.
Kann i glei net allweil bei dir sein,
Han i doch mei Freud' an dir!
Wenn i komm', wenn i komm',
wenn i wiedrum komm', wiedrum komm'
Kehr' i ein, mein Schatz, bei dir.

Dieses Lied hätte man aber als Verhöhnung der Lage auffassen können, was dem Hartzopf dann auch bald bewusst wurde. Da sind eingeschlossenen Menschen, nicht real, aber faktisch, denn wer geht bei solch einer Gefahrenlage schon an die frische Luft? Wenn er alt und gefährdet ist? Jeder weiß doch, wenn die Schwester den Geruchssinn verliert und wenn der Nachbar drei Monate nur noch rumliegt. Oder wenn Frau Müller-Otten drei Wochen künstlich beatmet wird. Da ist man doch vorsichtig! Und stellen Sie sich vor, Sie haben schon eine Erkrankung, ja, vielleicht etwas mit der Lunge. Nun käme noch das Corona-Zeugs dazu! Wie soll das enden?! Da bleibe ich als alter Mensch doch lieber daheim, im Heim, auch ganz ohne sonstige Lockdownregeln.

Jöchi diskutierte weiter mit dem Mann. Es war unklar, ob sie das streamte. Außerdem war ja die Frage: Stream, wer guckt? Das fragte sich Wannika immer bei so Attentätern, die mit Helmkamera unterwegs waren und dann „live" schlimme Dinge taten, böse Dinge, ganz grässliche Verbrechen: Wer schaute das denn? Wie weiß jemand, dass etwas live gestreamt wird und auch noch so bedeutsam ist, dass man es gucken sollte?

Wannika hätte diese Frage gerne Jöchi gestellt, aber die war ja beschäftigt. Hartzopf musste sowieso wieder seine Gitarre stimmen. Ob es noch ein viertes Lied geben würde. Wannika musste an Regeln denken, dazu gehörte auch etwas wie Ruhe oder Mittagsruhe oder Samstagsruhe. So alte Leute im Heim, da gab es doch massig Regeln. Aber sie kannte diese nicht. Denn Tante Walli lebte noch zuhause, die war nicht im Heim. Und der Onkel von Hartzopf, Brusski, Peter Brusski, der wurde ja zuhause gepflegt, von drei Polinnen, die sich immer abwechselten und ausreisten, wieder einreisten. (Auch das wurde ja durch die ganzen Corona-Reise-Regeln komplizierter.)

Am Ende entschieden sich Wannika und Hartzopf gegen ein viertes Lied. Sie packten die Instrumente ein. Jetzt wollten sie einen Umweg nehmen, an Jöchis Wohnung vorbei, um selber anschließend auch nach Hause zu gelangen.

Jöchi würde ihr Fahrrad schieben, so konnten sie noch etwas kommunizieren.

Zu dritt wurde ihnen auf dem Rückweg vom Heim klar, dass etwas in ihrem Leben fehlte. Sie konnten nichts Rechtes tun, nichts, was sie ausfüllte.

Hartzopf berichtete, wie er über einige Tage eine Garage ausgeräumt hatte. Dabei war er ziemlich ins Schwitzen gekommen. Ja, das war eine Garage von dem Onkel Peter, der gepflegt wurde. Dabei war unklar gewesen, wer denn den Auftrag gab. Der Onkel oder dessen Neffe. Wer wollte eigentlich die Garage leer haben.

„Die hätten doch warten können, noch Monate warten können", beklagte sich Hartzopf.

„Dein Onkel wird aber nicht wegen Covid-19 gepflegt", wollte Jöchi noch wissen. Sie war doch sehr klein, sodass man leicht über ihren Kopf hinweg in eine gewisse Ferne guckte.

„Mein Onkel ist einfach verdammt alt. Dem klappert jeder Knochen. So ist es nun mal. Das kann uns allen so gehen! Auch ohne Virus." So äußerte sich

Hartzopf.

Jöchi wollte lieber nicht weiter nachfragen.

Wannika hatte die Garage einmal gefüllt gesehen und sich dabei gedacht, wieso man eine Garage so mit Zeugs anfüllt, wenn man doch ein Auto hineinstellen könnte.

Hartzopf hatte dann erläutert, dass es auch noch eine zweite Garage gäbe, daneben, und da stünde noch das Auto vom Onkel drin, ein Jetta, der sogar angemeldet sei.

„Und wer soll den fahren?"

„Die Idee war wohl, dass eventuell eine Betreuerin den Führerschein hat und dann den Onkel rumkutschiert."

„Woran ist es gescheitert?"

„Eigentlich wohl an versicherungsrechtlichen Fragen, denn Angelka hat einen Führerschein, das weiß ich, aber sie ist ja für dieses Unternehmen tätig, das dann diese Hilfskräfte bereitstellt, was wiederum nicht so einfach ist. Beförderungen sind ausdrücklich ausgenommen. Sie hätte das Auto privat nehmen dürfen, mit dem Führerschein, ja, ja, aber wer lässt dann jemand privat mit dem eigen Auto fahren."

„Wollte der Onkel also nicht?"

„Der ist selber so wacklig, der kann es kaum entscheiden. Der Neffe meinte, es sei klüger, das alles nicht zu tun."

So sprachen unsere drei Abenteurer der Straße dann also über den Onkel von Hartzopf, dessen Garagen, dessen Pflegerinnen und über versicherungsrechtliche Bedenken.

Sie wussten genau, das man in Deutschland immer mal an versicherungsrechtliche Bedenken kommt, weil das eben ein urdeutsches Thema ist. Bei Covid-19 waren die Versicherungsdinge ja anders ausgegangen, als von den großen Konzernen erwartet. Wannika verwies auf dieses Urteil.

Jubel im Münchner Augustiner-Keller: Das LG München I verurteilte die Bayerische Versicherungskammer zu einer Millionenentschädigung an den Gastwirt. Der Versicherer hatte sich geweigert, für die Corona-bedingte Betriebsschließung zu zahlen.

Die Frage, ob Versicherer für die Corona-bedingten Betriebsschließungen von Gaststätten und Hotels aus sogenannten Betriebsschließungsversicherungen (BSV) leisten müssen, ist seit Wochen Gegenstand diverser Gerichtsverfahren. Viele Versicherer verweigern unter Hinweis auf ihre Versicherungsbedingungen die Leistungen.

Die auf Versicherungsrecht spezialisierte 12. Zivilkammer des LG gab einer Klage des Gastwirts der Münchner Traditionsgaststätte „Augustiner-Keller" statt und verurteilte die beklagte Versicherung – den Bayerischen Versicherungsverband/Versicherungskammer Bayern (VKB) – zu einer Entschädigung in Höhe von rund einer Millionen Euro für 30 Tage Betriebsschließung (Urt. v. 01.10.2020, Az. 12 O 5895/20).

Hartzopf merkte an, er sei verwundert, dass Wannika um dieses Urteil wüsste. Wo sie doch sonst immer mit ihren Instagram-Fotos zugange sei und ansonsten eine Art Zensur über ihren Kleinhaushalt gelegt habe.

Beim Stichwort „Instagram" fiel Wannika auf, dass sie selber kein Selfie gemacht hatte. Am Heim. Sie wollte nun die Fotos von Jöchi sehen. Das führte dazu, dass die Dreiergruppe mal wieder stehenblieb und nun die Fotos auf Jöchis Smartphone betrachtete. Es gab zwei gute darunter, die Jöchi mit Bluetooth auf das Gerät von Wannika überspielte. Die beiden Frauen gingen mit der Technik ganz locker und selbstverständlich um, während Hartzopf, sich dümmlich fühlend, an die Warn-App zu Corona dachte. Ging die nicht auch mit Bluetooth?

Ein zentraler Bestandteil der Bekämpfung jeder Pandemie ist das Unterbrechen der Infektionsketten. Die Corona-Warn-App kann dazu einen wichtigen Beitrag leisten und die zentrale Arbeit der Gesundheitsämter beim Nachverfolgen der Kontakte unterstützen.

Die Gesundheitsämter ermitteln mit Angaben der Corona-positiv getesteten Person die Menschen, die mit der positiv auf SARS-CoV-2 getesteten Person in Kontakt standen, um die Ausbreitung des Erregers einzudämmen. Die Corona-Warn-App ist eine wichtige Ergänzung, weil sie hilft, Risikobegegnungen ergänzend zum Gesundheitsamt aufzuzeigen: auch Begegnungen mit Unbekannten im öffentlichen Raum werden erfasst und schneller identifiziert, weil dies automatisch in der Corona-Warn-App geschieht.

Die Kontaktnachverfolgung durch die Gesundheitsämter bleibt weiterhin nötig, z. B. um Personen zu ermitteln bzw. zu informieren, die die App nicht nutzen oder kein Smartphone besitzen. Auch ersetzt die Kontaktnachverfolgung und Benachrichtigung über die App selbstverständlich nicht die nach dem Infektionsschutzgesetz vorgeschriebenen Meldewege.

„Habt ihr denn die Warn-App drauf?", sprach er nun zu den beiden Frauen. Diese bejahten sofort, betonten aber zugleich, dass sie das nicht wirklich nutzen würden. Außerdem hätten sie Bluetooth nicht immer angeschaltet.

Alle drei hatten nun keinen Mund-Nasen-Schutz an, weil sie sich gedanklich noch in der Zeit befanden, wo das draußen nicht nötig sei. Zugleich gab es aber schon Städte, wo man auch draußen, also „einfach so", diese Vorsichtsmaßnahme ergreifen musste. Zwang also.

Jöchi meinte, man müsse etwas unternehmen. Jetzt, wo alles stillsteht, müsse man etwas in Bewegung bringen.

Jöchi war demgemäß eine Aktivistin.

Hartzopf sah sich als Kurzarbeiter und potentiellen Arbeitslosen. Das war nichts Tolles. Aber es war auch nichts, was ihn gemahnte, nun auch richtig aktiv zu werden. Für die Welt.

Wannika versteckte sich immer hinter ihren Forschungen und ihrem Stipendium. Das hatte sie jetzt Monate schon so geschickt getan, dass sich niemand mehr traute, nachzufragen.

Auch ihr Lebenspartner Hartzopf Hebestreitz hatte diese Traute nun nicht mehr.

Der Umgang der beiden hatte sich eher so entwickelt, dass Hartzopf so tat, als würde Wannika jeden Tag forschen, während diese de facto nichts tat, außer ihrem Instagram-Account Material zu besorgen.

So lebten beide in der Blase eine Lüge. Das war wiederum nicht schlimm, weil Lügen und Faken ein Art Symbol dieser Jahre geworden war, besonders ... seitdem es Trump als Präsidenten gab.

Wenn ein Präsident haltlos würde lügen dürfen, ja auch: würde lügen können, dann müsste es für Privatleute doch auch gelten! Dadurch, dass Wannika aber Zensur über politische Debatten und Namen wie Trump verhängt hatte, konnte sie auch unliebsamen Nachfragen dazu aus dem Weg gehen.

Hartzopf und Wannika umschlichen sich also, redeten selten ganz wahr, und das Ganze wurde immer komplexer. Jöchi war die beobachtende Dritte. Da sie aber sehr wenig Zeit mit ihrem William verbrachte, weil es den Supermärkten bekanntlich recht gut ging und er deshalb normale Arbeitszeiten und Arbeitstage, bisweilen sogar extreme Überstunden hatte, nahm sie das Beobachten der beiden hier sehr ernst.

Es hieß sogar, was wiederum Peggy mal erzählt hatte, Jöchi würde sehr viele Notizen über das Paar Wannika/Hartzopf haben. Es sollen ganze Kladden sein, die sie so geschrieben habe.

Würde man aber Jöchi fragen, ob sie nun als Autorin arbeiten würde oder arbeiten wolle, würde diese das immer verneinen. Stattdessen würde sie erklären, sie habe zwar derzeit als Erzieherin nichts zu tun, deshalb aber sei sie noch lange keine Autorin geworden.

Auffällig war bei Jöchi, dass sie nichts mit Instagram am Hut hatte. Wannika hatte Jöchi mal angeraten, ihre Kochrezepte umzusetzen und dann als Bilder und auch als Kurzfilme auf Instagram zu posten, woraufhin diese nur gelächelt hatte.

Jöchi soll dann auch mal einige TikTok-Filmchen versucht haben, dann aber davon abgelassen haben, als ihr klar wurde, dass die noch mehr Daten von ihr haben wollten als alle anderen.

Wannika, der Daten und Datenklau egal waren, sagte dann: „Du gibst das nur vor, mit den Daten. TikTok benutzt Birte, die Tochter meiner jüngeren Schwester, nämlich auch. So schlimm kann es ja gar nicht sein."

Jöchi schwieg dann immer.

Sie war an Daten weder interessiert noch nicht interessiert. Man konnte mit ihr über das Thema nicht reden. Wannika war da sowieso taub. Selbst als es hieß, man wolle TikTok in den USA verbieten, weil so viel von China da drinhinge, sagte Wannika nur: „Mir egal!"

Hartzopf erklärte dann, wenn da so viel China drin sei, in TikTok, dann müsse man doch auch sagen, dass von Google, Facebook, Twitter und Co. die Daten alle in die USA abfließen würden. Da müsse man sich doch überlegen, ob China besser als die USA sei oder umgekehrt; nach Trump habe man den Eindruck, beide Länder nähern sich an: Alles geht in Richtung „vollkommene Autokratie, bei radikalstem Datenfluss und vollständigster Überwachung". Außerdem dürften viele Gedanken nicht mehr gesagt werden. Generell. Das mache alles noch komplizierter.

Als Wannika nun etwas schniefte, kamen direkt Bemerkungen, es könne doch sein, dass nun sie selber krank sei. Wannika aber war die Tage gar nicht mehr weg gewesen. Sie hielt sich dabei an ihrem Abstandsbesenstil fest.

Jöchi hingegen war zu Besuch gewesen, zum Beispiel in der Hartzopf-Wannika-Wohnung.

Hartzopf also wollte nun, sie standen auf der Gartenbredstraße, von Jöchi wissen, wo sie die letzten 10 Tage gewesen war. Das ergab eine sehr seltsame Situation, denn bis dahin dachte man immer, die drei Menschen kommen ganz gut klar. Sie wären vielleicht auch zu viert klargekommen, wenn William sich öfters mal gezeigt hätte. Aber sie waren de facto meist zu dritt.

Jöchi fühlte sich sofort angegriffen und drehte sich wüst im Kreis, mit ihrem Kopf. Sie sprach davon, dass niemand das Recht habe, sie kontrollieren zu wollen. Wo sei man denn?

Hartzopf sagte, so sei es doch nicht gemeint. Aber wissen wolle man es schon, denn Covid-19 habe auch schon jüngere Menschen aus der Bahn gerissen. Wo jetzt Wannika offenbar einen ersten Schnupfen habe, sei es nur normal, dass man von Jöchi erwarte, dass diese sich endlich erklären würde.

„Wieso muss der Schnupfen der Wannika denn mit mir zusammenhängen?", fragte Jöchi spitz und schon leicht erregt. Es fiel wieder auf, dass sie eher klein war, weil sie extra viele Bewegungen machte, damit ihr Körper in der Wahrnehmung größer würde. Das tat sie unbewusst, aber Wannika mit ihrem psychologischen Grundgerüst von Wissen nahm es doch wahr.

„Beste Jöchi, wir beide waren fast andauernd zuhause, während du, Jöchi, ja offenbar viel unterwegs bist."

„Beste Wannika, laut deinem Instagram-Account

hast du in den letzten 10 Tagen einige interessante Orte aufgesucht. Das scheint ja wohl klar!"

Auf diese Weise wurde deutlich, dass Jöchi, die vermeintliche Autorin, den Instagram-Account von Wannika sehr genau beobachtete. Das gestand sich zumindest Hartzopf ein.

„Jöchi, sag es doch einfach. Wo warst du am 3.10? Oder wo warst du am 7.10.? Sag es doch!"

„Ich denke nicht daran. Von Trump wissen wir nicht mal, ab wann er positiv war. Und ich soll es aber sagen?"

„Wir sind doch Freunde, oder nicht!" So kam nun wieder Wannika in dieses sinnlose Gespräch.

Zu Trump hatte man gestern noch lesen können:

Er fühle sich nach seiner Infektion mit dem Corona-virus und seiner Covid-19-Erkrankung vor rund einer Woche wieder richtig gut, sagte Trump dem Fernsehsender Fox News. Er plane für morgen Abend eine Kundgebung in Florida; sein Arzt habe ihm mitgeteilt, dass es für ihn sicher sei, wieder öffentliche Auftritte abzuhalten. Trump kündigte zudem an, heute noch einen weiteren Coronatest vornehmen zu lassen.

„Morgen Abend" wäre doch dann umgerechnet heute, am 10.10. oder nicht? Das dachte jetzt Hartzopf, was aber die beiden anderen nicht interessierte. Außerdem gab es stets die Zeitverschiebung. Man würde auch bedenken müssen, wo Florida war, denn die hatten ja in den USA eine gewisse „Zeitbreite", in New York 6 Stunden zurück, in Los Angeles aber 9. Oder wie genau?

„Ich frage doch auch nicht, ob Hartzopf heute das Fußballspiel Ukraine-Deutschland guckt, mit seinem Lieblingsfreund."

„Das wäre ja auch erst heute Abend. Bei dir, liebe Jöchi, müssen wir aber die Infektionsketten zurückverfolgen."

„Welche denn? Du hast Schnupfen, nun gut, und ich bin schuld? Wer hat dich denn gezwungen, heute vors Altersheim zu ziehen, mit der Jaule-Geige?! Du hättest es auch lassen können, wo du doch so viel zuhause bist, Wannika!"

„Die Frage ist doch, Jöchi, ob ich mich bei dir angesteckt habe."

„Wegen des Live-Streamings? Da habe ich meinen Virus auf dich übertragen?!"

Sie standen vor einem Gründerzeithaus. Niemand hätte sagen können, was Gründerzeit bedeutet. Diese Zeit schien auch weit weg. Die Weltwirtschaftskrise schien weit weg. 1929. Alles lag ewig zurück, während man durch Quarantäne-Welten wandelte, oder zumindest Quarantäne-Baldwelten. Denn alles drohte ja überall.

„Jöchi, du hast live gestreamt, ja, ja, aber du warst ziemlich nah an mir dran." Sie hob den Besenstil in die Luft. Diese Maße hast du bestimmt unterschritten. Außerdem ist dieser Besenstil vielleicht kürzer als 1,50 Meter. Das muss ich noch hinzufügen!"

„Wannika, lass mich mit deinem Besenstil in Ruhe. Ich tue, was ich für richtig halte. Und so ist es bei euch beiden doch auch!"

„Nicht, wenn wir hier anfangen zu schnupfen. Besser: mit Schnupfen. Oder zumindest ich."

Wannika begann sich nun als Opfer aufzuspielen. Sie dachte an jene Frau, die in einem Heim saß, in Krefeld, mit Multipler Sklerose, eine Frau mittleren Alters, und die nun ihrerseits Covid-19 fürchten musste. Was war da ein Schnupfen? Dennoch wurde es ein innerer Stachel, der Wannika den Befehl gab, den Stich geradezu als Befehl gab. Spiel dich als Opfer auf. Vergiss die Frau aus dem Heim in Krefeld. Covid-19 ist auch ohne Vorerkrankung eine böse Sache. Also spiele dich auf.

Wannika ergriff den Besenstil nun etwas härter und fuchtelte mit dem Dings in der Luft.

Vorbeigehende hätten das als sehr seltsam empfunden. Jedoch: Es gab keine Vorbeigehenden.

Auch das sei mal gesagt. Es war nichts los, in jenem Herbst, an jenem 10.10.2020 auf den Straßen.

Als hätten alle die Ausgangsregeln verinnerlicht.

„Du könntest doch einfach mal in Quarantäne gehen, Jöchi."

„Einfach? Wieso."

„Weil mir die Nase läuft!"

„Niemand hindert dich an einer Grippe-Schutz-Impfung, solange Impfstoff erhältlich ist. Das will ich einschränkend hinzufügen."

Grippeschutz?

Coronaschutz?

Was zuerst?

Ach, Corona, da gab es ja noch nichts. Was hatte Trump denn eingenommen? Remdesivir! Unter anderem! Remdesivir!

Remdesivir ist ein antiviraler Wirkstoff aus der Gruppe der Nukleosid-Analoga und RNA-Polymerase-Inhibitoren für die Behandlung der Coronaviruskrankheit Covid-19. Es hat ein breites Wirkspektrum und ist unter anderem gegen Coronaviren, Ebolaviren und RSV wirksam. Remdesivir ist ein Prodrug eines aktiven Wirkstoffs, der im Körper zum Triphosphat metabolisiert wird und die virale RNA-Synthese und die Virusvermehrung hemmt. Das Arzneimittel wird als intravenöse Infusion verabreicht. Zu den häufigsten möglichen unerwünschten Wirkungen gehören Kopfschmerzen, Übelkeit, erhöhte Transaminasen und ein Hautausschlag.

Hartzopf wäre jetzt gerne Apotheker gewesen. Nur dieses eine Mal! Aber die Apotheken gingen ja auch so oft ein, weil alles online verramscht wurde. Außerdem wusste man nie, was man bekam. Jedes weiße Pulver konnte am Ende auch Mehl sein.

Hartzopf überlegte, ob er auch eine „Internet-Apotheke" aufmachen solle, in welcher es dann ausschließlich Mehl gab, in X Abpackungen. Die bestellten dies, die Leute bestellten das. Am Ende hätten sie dann immer Mehl. Er würde abkassieren. Danach müsste er den Shop schließen, bevor ihm jemand auf die Schliche käme. Tolle Idee.

Wannika sprach hingegen von der Grippe-Impfung. Sie entpuppte sich jetzt als Impfgegnerin, was ihr von Jöchi den Vorwurf einbrachte, sie gehöre nun auch zu den Verschwörungstheoretikern. Die Impfgegner, so Jöchi, stimmten den kruden sonstigen Thesen meist zu.

Jöchi erwähnte dann QAnon. Das tat sie mit Absicht, denn sie wollte nun Wannika um des Streites willen mit QAnon „in eine Tasche werfen". Dabei hatte man noch vor ein paar Tagen lesen können:

Nicht nur Facebook verbannt Posts, Pages und Gruppen der Verschwörungsgruppe QAnon. Auch Twitter und TikTok gehen gegen die Anhänger auf ihrer Plattform vor – und das nicht ohne Grund. Die hanebüchenen Theorien der QAnon-Bewegung führten bereits dazu, dass ein Mann 2017 in Washington eine Pizzeria mit einer Waffe stürmte und um sich schoss. Als Grund gab der Täter an, dass die US-Politikerin und damalige Präsidentschaftskandidatin Hillary Clinton einen Kinderpornografie-Ring in dem Laden leiten würde. Eine fälschliche Anschuldigung, die zuvor über die Plattform 4Chan von einem User namens „Q" verbreitet wurde. Hierher stammt auch der Name der Verschwörungsgruppe, die mittlerweile zu einem regelrechten Kult geworden ist. QAnon setzt sich aus dem User-Namen und dem Wort „Anonym" zusammen. Denn alle 4Chan User posten Content, ohne ihre Identität preiszugeben.

Da Wannika aber eine private Sperre bestimmter Themen ausgerufen hatte, ging sie auf QAnon gar nicht ein. Auf die Grippe-Impfung konnte sie aber eingehen, weil diese nicht ihren Themenverboten entsprach. Grippe war vermeintlich unpolitisch, was natürlich auch wieder hanebüchen war. In diesen Zeiten kam man nirgends an etwas vorbei, was man dann ausklammern konnte. Alles gehörte zu allem, das hatte diese seltsame Wendler-Wandlung wieder mal klar gemacht.

Alle drehen durch! Das kam noch hinzu. Man brauchte dazu nichts „rechts" oder „links" zu sein. Durchdrehen konnte jeder und jede, einfach so, weil dieses ganze Covid-Themen-Gemenge einem sehr stark aufs Seelenheil gehen konnte. Viele litten auch unter Depressionen, die dann als „Verstimmungen" deklariert wurden.

Die ganze Welt ist von sich selber ausgesperrt. Das muss man auch mal sehen.

Wannika dachte an den Text von jenem KLAUSENS, von dem man nicht wusste, welcher Verschwörung er zuzuordnen war. Aber irgendetwas musste es ja sein. Konnte es Menschen geben, die unverschwörerisch waren? Gab es das noch? In solchen Zeiten?

Sie suchte den Text.

Ja, sie hatte das extra ausgedruckt, weil es sie angesprochen hatte.

Da war auch eine gewisse gedankliche Nähe zu Hartzopf.

TORSO IST DIESE ZEIT UNS AUFZUGEBEN ALSO AUFGEGE-
BEN

Es ist so viel Welt in Allem
Die Probleme kommen zu den
Ohraugen raus aus jedem Smartphone
Blinken Wüsten Autokraten Sorgen

Hunger Gewalt Hoffnungslosigkeit
Erbrechen sich den Weg in unsere
Köpfe tragen wir das immer mit
Wahr unwahr Trump Fake

Lügen sich Realitäten durch den
Schlauch globaler Umfassung ist
Information allzeit fast nichts
Kann niemand richtig atmen

Kaum denken so siechen wir
Dahin in aller Moderne Tristesso Blanca
Würgen wir das Brot in die Mülleimer
Ein grausiges Corona noch abhechelnd

Es ist so viel Welt in Allem

Oder die Twitter-Zeilen vom so weit nun zurückliegenden März. Der März, der vor dem Sommer kam. Der März, als die WHO die Pandemie auch zur Pandemie erklärte.

Mehr als 118.000 bestätigte Infektionen in 114 Staaten: Die Weltgesundheitsorganisation WHO hat Covid-19 jetzt zur Pandemie erklärt.

Twitter im März. Weil es für die Iden nicht gereicht hatte und hätte. Auch von Klausens. Der Text.

CORONA – Alles wird abgesagt / Was wird jetztnun / Dennnun abgesagt? / Alles abgesagt / Die ganze Welt wird abgesagt
7:22 nachm. · 12. März 2020·

Musste man da nicht über alles sprechen. Musste man nicht überall eine Verschwörung vermuten? Gab es nicht eine Auskunftpflicht von jedermann und jederfrau zu aller Zeit.

Herr Trump mochte ja Test-Ergebnisse einfach unter den Tisch fallen lassen. Bitteschön! Aber Wannika und Hartzopf und Jöchi mussten untereinander verlässlich und offen auftreten. Egal, ob Wannika Schnupfen hatte oder nur mal kurz „verschnupft" war. Egal! (Das erinnert wiederum an den Wendler. Jedes Wort war ja tausendfach belegt! Man konnte gar nicht mehr kommunizieren. Also „rein" und „unbedarft".)

Jöchi ereiferte sich und wurde störrischer, als man sie kannte.

Wannika ereiferte sich und wurde sogar recht bösartig.

Hartzopf spielte eher den Zuhörer, der sich seinen Teil dachte. Außerdem überlegte er, wie wichtig das Fußballspiel am Abend war. Der Formel-1-Test von Mick Schumacher am Freitag war ja wegen Regen am Nürburgring ausgefallen. Auch eine Sache für sich. Wie wichtig waren Autorennen, wenn Jöchi sie alle ansteckte? Wie wichtig war die Martinsgans-begegnung des Bürgervereins seiner Eltern, wenn Jöchi seine Wannika ansteckte? Zumindest wenn sie nicht bekanntgeben wollte, wo sie wie war, in den letzten Tagen.

Wannika sah Hartzopf gar nicht erst an, denn sie hatte schon genug mit ihrer eigenen Wut zu tun. Da sind Menschen, die stehen einfach so rum, in leerer Straße, in unwirtlicher Welt. Aber sie streiten sich wegen Corona. Sie streiten sich, weil Jöchi Wannika angesteckt haben könnte.

Auf einmal lag dieser Vorwurf nämlich in der Luft:

Jöchi als Spreaderin.

Wenn Jöchi daraufhin hartnäckig schwiege, wie es jetzt auch der Fall zu sein schien, machte das alles nur noch schlimmer. Nur noch deutlicher. Denn Menschen, die so bockig schweigen, die müssen ja in diese Weltverschwörung eingeweiht sein.

Es kam dann, wie es der Zufall so will, wirklich noch William vorbei. William war in Arbeit. Auch heute!

Wieso kam er vorbei? Sollte Jöchi ihn irgendwie angesimst haben, dass er mal käme. Denn sein Büro lag nur 1,2 Kilometer von hier entfernt. Da konnte man sich mal von der Arbeit sich wegstehlen, mit der Behauptung, man müsse nur kurz mal zur Apotheke.

William grüßte brav, er war hochgewachsen, bestimmt 1,94, also sehr groß, dazu eine schmale Statur, also nicht einschüchternd groß. Dennoch groß.

Er grüßte ein zweites Mal, sehr bedenkenswert, schaltete sich aber sofort in das Gespräch ein, als habe er alles mitgehört. Vielleicht hatte Jöchi ihn ja auf Arbeit im Live-Streaming alles mithören und -sehen lassen. Wusste man es?

„Jöchi hat mit allem nichts zu tun. So! Ich hoffe, dass damit der Streit beendet ist!"

Wannika aber sofort: „Dann sag uns doch bitte, wo Jöchi die Tage über war, z. B. am 3.10 und am 7.10!"

„Wieso genau diese Tage?"

„Eigentlich will ich über alle Tage Bescheid wissen, aber in diesem Fall begrenze ich mal auf 2 Beispiele. Wenn Jöchi selbst zu den zwei Beispielstagen nichts zu sagen hat, keine Informationen preisgeben will, dann ist es ja klar!"

„Wannika, wer gibt dir denn das Recht, Jöchi zu verhören? Sind wir hier beim letzten Gericht, oder was?"

„Ich sage dazu nur eines: Kennst du die Adventisten?"

„Muss ich?"

„Egal. Ich nehme die mal. Deren Vorläufer war u. a. ein Herr Miller. Miller (1782–1849) aus Pittsfield, Massachusetts, errechnete vor allem auf der Grundlage der apokalyptischen Zeitangaben des Buches Daniel den Zeitpunkt der Wiederkunft Christi für den Herbst 1843, dann für den 21. März 1844 und später für den 22. Oktober 1844. Stattliche Irrtümer. Religion hat zuallererst mit „Behauptung" zu tun, sage ich, also Wannika. Nach dem Ausbleiben dieses Ereignisses zerfiel die nach Miller benannte Bewegung in Gruppierungen, die unterschiedliche Richtungen einschlugen. Nachdem dann auch 1851 vergangen war, ohne dass es, wie auch angekündigt, zu einer Wiederkehr Christi gekommen war, nahm man von weiteren konkreten Datierungen Abstand, hielt aber an der These fest, Jesus werde bestimmt mal zurückkehren. Also: Jesus kehrt zurück, ich habe mich als Miller-Mensch fast 100 Mal geirrt, dennoch halte ich weiter daran fest."

„Und was ist nun so toll an alledem?"

„Die Siebenten-Tags-Adventisten, die man als Ausguss der Millerbewegung einordnen muss, haben mehr und mehr Anhänger auf der Welt. Die wachsen! Ich kann also den größten Unsinn erzählen, Stichwort: Miller, die Bibel x mal durchrechnen und alles berechnen, und hernach habe ich dennoch Follower, irgendwie. Der Trump-Effekt mal anders."

„Und das gibt dir das Recht, Jöchi zu verhören?"

„Diverse Kirchen haben immer schon diverse Menschen verhört."

„Welcher Kirche folgst du denn?"

Wannika sagte, und da begann auch Hartzopf sich zu schütteln: „Ich folge der Kirche von Corona!"

„Was soll das sein?" William wirkte verunsichert.

„Das erkläre ich euch allen mal in Ruhe, wenn wir

mehr Zeit haben. Auf jeden Fall habe ich das Recht, Jöchi ganz genau alles zu fragen, weil ich ganz genau zur Corona-Kirche gehöre. Deshalb!"

Irgendwie schien sich jetzt vieles aufzulösen. Zum einen löste sich die Gesellschaft auf, andauernd und beharrlich. Überall brachen Leute weg, krude Thesen verbreiteten sich, wir sprechen vom „Wendler-Effekt", um das ganze mal kurz auf den Punkt zu bringen.

Dann war da der Herbst, der Deutschland in Angst und Schrecken versetzte: nie mehr draußen, fast immer drinnen, und schon springt die Krankheit von A nach B, weil geschlossene Räume der Horror an sich sind.

Aber es war sofort klar, was diese ganze Forschung von Wannika bedeutete. Sie hatte nie darüber reden wollen, aber Geld war geflossen. Hartzopf hatte die Kontoauszüge gesehen.

Niemals hatte Wannika berichtet, was sie genau forscht und wofür sie genau Geld bekommt. Niemals!

Und heute diese große Enthüllung. Sie war Anhängerin der Corona-Kirche! Sie selber! Wenn sie das schon fast drei Jahre lang war, musste sie vor dem Weltausbruch, vor der Pandemie in Dinge involviert gewesen sein.

William wirkte seltsam wimmrig, als er von Wannika wissen wollte. „Seit wann kennst du das Virus?"

„Ich darf über diese Dinge nicht sprechen, William. Bitte, nimm es so hin!"

„Wusstest du denn vor China davon? Vor dem Ausbruch da? Oder dem angetäuschten Ausbruch da? Oder dem missglückten Ausbruch da?"

„Ich bin seit einiger Zeit mit meinen Forschungen beschäftigt. Viel mehr muss ich ja nicht sagen."

„Steckt Hartzopf mit drin?"

Jöchi meldete sich also auch wieder zu Wort. Eine ganz und gar ungewöhnliche Sache.

Hartzopf fühlte sich unwohl. Er liebte Wannika, hatte aber offenbar Lücken über deren Existenz, und das nach acht Jahren Beziehung. Zugleich wurde er nun von Jöchi mit ihr in dieses „Corona-Boot" gesetzt. So als wären er und Wannika eine Kopie von Bonnie and Clyde.

Zugleich musste er prinzipiell an religiöse Ankündigungen denken. Eine lange Geschichte. Immer wieder traten Menschen hervor, die meinten, das Recht zu haben, ankündigen zu müssen, dass dieses oder jenes geschehen werde. Besonders schlimm ist es mit dem Weltuntergang.

Oakland – Der amerikanische Radio-Prediger Harold Camping, der mit dem 21. Mai 2011 zum zweiten Mal seit 1994 einen konkreten Termin für das Jüngste Gericht angesagt hatte, hat erneut eine Fehlkalkulation zugegeben. Zwei Tage, nachdem er und seine Anhänger eigentlich erwartet hatten, zum Himmel aufzufahren, entschuldigte sich Camping in mehreren Radio-Interviews und im Rahmen einer Pressekonferenz öffentlich.

Der 21. Mai sei offensichtlich nicht das katastrophale, sichtbare Ereignis gewesen, das er erwartet habe. Das bedeute, dass er den Termin falsch berechnet habe - nicht aber, dass der Weltuntergang nicht stattfinden werde. Tatsächlich habe das Jüngste Gericht bereits begonnen, wenn auch nicht in so physisch sichtbarer Form, wie er das erwartet habe.

Nun also auch Wannika! Auch sie! Nein, das durfte nicht sein. Er schaute zu Jöchi. Wie ging sie mit alledem um? Er schaute zu William? Würde er das wirklich glauben?

Hartzopf schaute in sein Inneres. Würde er selber das denn mitmachen? War er gar acht Jahre Teil eines großen Planes gewesen? Sind da Leute gekommen, am Ende noch aus China, haben dann bestimmte Menschen ausgesucht und aufgesucht? Diese trafen dann auf Wannika? Danach wurde Wannika in das System aufgenommen und man bestimmte, wen sie wie kennenzulernen habe? Ganz wie bei einer Agentin?

Wie hatte Hartzopf Wannika überhaupt kennengelernt. Er musste sich konzentrieren, er musste sich zurückerinnern. Da war diese Straße gewesen, er mit dem Auto. So war es, eine Straße irgendwo in Südhessen. Abseits der Autobahn.

Bei Gelnhausen, da war es. Er wollte durch Gelnhausen durchfahren, aber vorher stand eine Tramperin da. Das hatte ihn schon sehr verwundert, weil man Tramperinnen in dieser Art kaum noch vorfinden wird. Die Welt ist gemein, die Welt ist böse, die Welt ist voller Verbrechen. Wieso wird sich eine junge Frau noch an eine Straße stellen?

Kluge Frauen machten es nicht.

Aber diese Wannika tat es. Das war im Jahr 2012.

Sie wirkte so hilflos, hatte zudem nicht einen Rucksack dabei, sondern zwei, sodass er schon dachte, nun kommt der bekannte Filmgag, dass dann Person zwei auch noch auftaucht, wenn einer hält. Demnach steigen dann zwei Leute zu, aber der Fahrer wollte immer nur eine Person dazuhaben.

Er aber hielt. Es war ein blödes Auto, ein Leihwagen einer großen Autovermietung. Ein Transporter. Mit diesem wollte er Möbel aus der Garage seines Onkels Peter wegbringen.

Onkel Peter wollte diese Garage ganz frei haben, möbellos, um darin einen offenen Sportwagen aufheben zu können.

Diese Geschichte war ihm damals schon komisch vorgekommen, zumal ... wenn man bedachte, dass heute eben jener Peter in Pflege war und er ihm dieser Tage wieder mal eine Garage leergeräumt hatte.

In einer Sofort-Eingebung wusste Hartzopf nun, dass dieser Vorfall von 2012 mit seinem Transporter, geliehen, und die Begegnung mit Wannika insgesamt kein Zufall gewesen war, sondern dass alle Details genau überlegt gewesen waren, gewesen sein müssen. Wannika war vorne eingestiegen, er hatte die Rucksäcke hinten in den noch leeren Laderaum getan.

Dann waren sie gefahren, Fenster geöffnet, sie hatte damals die Haare noch sehr lang, sodass es ein einziges Wehen war. Beide rauchten 2012 auch noch, sodass sie nun auch eine Zigarette nach der anderen durchbrachten. Sie mit selbstgedrehten, er mit einer werbebekannten Marke.

Als man sich dann dem Haus von Onkel Peter

näherte, wollte sie sogar mitkommen. Sie hatte sich bei der Fahrt gar nicht präzise geäußert, bis wohin sie würde mitgenommen werden wollen. Plötzlich schien sie Onkel Peter sogar noch kennenlernen zu wollen. Damals war er noch nicht pflegebedürftig gewesen, gewiss.

Nun aber kam ihm diese Peter-Wannika-Verbindung künstlich vor. Das würde bedeuten, dass Wannika ihn, Hartzopf, anwerben sollte, als normalen Ehemann oder Liebespartner. Auf diese Weise könnte sie ihre Tätigkeit für die Coronabewegung in einem normalen Setting vorbereiten.

Hartzopf also dachte zurück, während Wannika und Jöchi und William untereinander in diversen Disputen drin waren. Wannika zeigte nun missionarische Züge. Außerdem hatte die Stimme einen kalten Touch bekommen, Planung spürte man, kühles Vorausplanen, festes Wollen.

Sie war keine Terroristin, das nicht.

Sie war nicht eine, die in Köln-Deutz Sprengstoff in einen Zug legt, der dann auch gar nicht zünden kann.

Diese Wannika war eine sehr nette und auffällige junge Frau, 32 Jahre alt, und erfrischend in ihrer Art.

Dass sie so krass diskutieren konnte, eigentlich

war es ja mehr! Es war wie eine Aggression in Worten, das wunderte Hartzopf nun auch.

Deshalb beendete der die Auseinandersetzungen mit einem Satz. „Wir müssen los!"

Er zog sie fast mit sich, weil alles doch sehr überraschend kam. Ein Split zwischen Wannika und Jöchi, das auch!

Auch ein Split zwischen zwei Paaren, William/Jöchi versus Hartzopf/Wannika, wobei diese 2-er-Paar-Konstellation sehr selten in Kraft trat. Oft war man zu dritt, und dann hatte sich Jöchi mehr mit Wannika befasst, also eine Art Freundinnenverbund.

Wannika ließ sich jetzt aber mitziehen, von Hartzopf.

Sie wedelte mit ihrem Abstandsstock herum. Das war nicht weiter schlimm.

Hartzopf sagte: „So, ich denke, du beruhigst dich jetzt erst einmal!"

Seine Taktik war folgende: so zu tun, als hätte es alles nicht gegeben, keine Erwähnung einer Corona-Religion, dann nach Hause gehen, vielleicht noch eine übriggebliebene Frikadelle verzehren ... und dann schweigen.

In dieser Art kamen sie nach Hause. Gitarre und Geige wurden abgelegt, klar, aber die waren ja auch im Koffer und gut geschützt.

Wannika stellte auch den Besenstil zur Seite.

Eine Frikadelle wollte sie dann aber nicht mehr.

Hartzopf fragte, ob sie vielleicht Ruhe brauche. Sie könne sich doch etwas hinlegen.

Die Grundidee war die ganze Zeit: Was man nicht anspricht, das gab es nicht.

Wir verbringen ein paar Stunden in Ruhe, vielleicht macht Wannika auch ein Schläfchen, und danach ist alles in Ordnung, ganz wie ehedem.

Leider war Wannika zu keiner Ruhe bereit.

Er sagte, sie könne doch baden. Wannika und Wanne, auch das war ein Gag unter ihnen.

Wannika aber wollte nicht in die Wanne.

Sie sagte, sie würde erst mal eines der beiden Instagram-Fotos von Jöchi auf ihren Account hochladen. Er solle sagen, welches ihm besser gefiele.

Hartzopf zeigte auf das erste, weil sie da viel leuchtender aussah.

Außerdem gab es eine gute Lichtreflektion, welche das Blau ihrer Augen vorteilhaft zeigte.

Sie selber klagte, dass die Haare aber teilweise die Nase verdecken würden, es war ja da Wind.

Dasselbe Problem ließ sich auch auf dem zweiten

Foto feststellen.

Insofern hatte sie 2 Jöchi-Fotos, aber beide ließen Wannika nicht 100 % optimal rüberkommen.

Das änderte nichts daran, dass das erste Foto dennoch auch gelungen war, wie Hartzopf fand.

Wannika aber fing nun an, laut über Jöchi zu hetzen. „Das hat sie alles extra gemacht. Sie war bestimmt eine Stunde mit uns vor diesem Altersheim. Da hätte sie doch mehr Fotos von mir machen können. Allein schon, wie ich die Geige halte. Nein, nein, das ist alles andere als korrekt!"

Aus den Sätzen ging hervor, dass Jöchi absichtlich schlechte Fotos gemacht hatte.

Man konnte nun glauben, dass das Leben wieder normal war.

Sollte sie doch über Jöchi klagen, am Ende würde eines der Fotos posten, auf den Instagram-Account, und dann wäre es auch gut.

Hauptsache nichts mehr von der Corona-Kirche!

Hartzopf machte die Küche sauber, spülte, wischte, irgendwie würde er alles gut hinbekommen. Er war in diesen Dingen sowieso besser. Dadurch, dass er auf unbezahlter Kurzarbeit war, wurde auch erwartet, dass er sich sehr intensiv in den 2-er-Haushalt einbrächte.

Zugleich war ja immer diese Idee gewesen, sie

arbeite an einer Forschungsarbeit, für die sie real nicht arbeitet, aber das sollte keiner im Umfeld wissen.

Genau hier hakte auch die Selbstvergewisserung von Hartzopf ein: Wie konnte alles normal sein, wenn er doch nun wusste, dass sie wirklich „eine Art von Forschung" betrieben hatte.

Sie musste etwas mit einer Corona-Kirche zu tun haben, denn nur so ließ sich ihr Verhalten in den letzten drei Jahren halbwegs logisch erklären. Nur so.

Die acht Jahre seit dem Kennenlernen in Gelnhausen (drei jetzt und fünf davor) und auf der Fahrt zu Onkel Peter, die mussten dann alle als Vorbereitung gewertet werden.

Fünf Jahre erste Vorbereitung für danach drei Jahre Aktivitäten in der Corona-Kirche. Oh Wannika, was war aus dir geworden! Und wieso hatte Hartzopf nichts bemerkt?

Als Wannika das Wohnzimmer betrat, die Wohnung hatte Küche, Bad, Wohnzimmer, Schlafzimmer und noch einen Raum, wo sie Schreibtische hatten, da war Hartzopf klar, er müsse mit ihr irgendetwas sprechen.

„Wir kommen heute wohl nicht mehr raus," sagte

er in einer Art Verzweiflung.

„Wenn wir wollen, können wir wieder raus! Zeit ist noch da!"

„Aber wohin und wozu? Du glaubst doch nicht, wir könnten uns unter solchen Vorzeichen nochmals mit Jöchi und William treffen."

„Aber heute ist Samstag!"

„Und wenn schon, William hat gearbeitet, auch heute am Samstag. Er ist nur mal rübergekommen, ins Freie, das war alles."

„Jöchi denn?"

„Du hast Jöchi mit deinem Getexte derart vergrault. Wie glaubst du, dass man das wieder kitten kann? Auf jeden Fall nicht innerhalb der nächsten Tage. Wäre ich Jöchi, würde ich dich am liebsten in 1000 Stücke reißen."

Sie hatte nur ein T-Shirt an, und ihren Slip. Das war sehr wenig.

Er hatte das Fenster auf. Auch dachte er an den Schnupfen, den sie möglicherweise hatte.

„Willst du nicht erst mal was anziehen. Egal, ob Corona oder Schnupfen. Eines von beiden kann es ja sein, wenn dir die Nase läuft!"

„Nein!"

„Willst du richtig krank werden?"

„Ja!"

„Aber wozu?"

„Am Ende ist es für die Corona-Kirche. Das müsstest du doch begriffen haben!"

„Dann gibt es die wirklich?"

„Was denkst du denn?!"

„Aber du hast mir niemals davon erzählt!"

„Ich durfte doch nicht. Das weißt du doch!"

„Hast du denn auch mit jenem Attila telefoniert?" (Hartzopf hatte eine Wendler-Ahnung, wie er sie spontan sich selbst gegenüber nannte.)

„Nein, wieso auch?! Wir sind ganz anders, wir denken ganz anders, wir glauben ganz anders. Und wir haben das ‚Jüngste Gericht' ja schon da!"

„Dann wäre Covid-19 eine Art von jüngstem Gericht?!"

„Das hast du fein ausgedrückt, aber in gewissem Sinne würde ich das auch bejahen!"

„Ein Gericht ohne Richter?"

„Du siehst sie nicht. Ich aber sehe sie wohl. Sie sind jetzt da. Hier im Raum. 1000 Augen. In jedem Raum 1000 Augen."

Das hörte sich immer bedenklicher an.

Wie gerne hätte ich jetzt ein Computerspiel gespielt, dachte sich Hartzopf.

Man will diese Dinge ja nicht hören. Sektenmurks. Aber Wannika schien nach diesem Zusammenprall mit William und Jöchi auf der Straße, nach diesem heftigen Austausch, wie verwandelt.

Man könnte glauben, sie habe einen Schalter in den Körper operiert gehabt, wonach sie an einem Samstag, 10.10.2020, würde in einen anderen Zustand übertreten müssen. Einen Verkündungszustand.

Hartzopf wusste ja von den Marienerscheinungen, es gab Hunderte, vielleicht Tausende.

Manche wurden dann von der Kirche anerkannt. Manche.

Aber hier war keine Maria erschienen, hier hatte eine Frau begonnen, eine Religion zu verkünden, die sie als Corona-Religion bezeichnet hatte.

Er schaute auf den leeren Tisch. Wie schön hatte er alles abgewischt. Die Wohnung wirkte sehr aufgeräumt. Nur sein Kopf war voller Wirrnis. Er überlegte, ob es so anfängt. Der Kopf wird wirr, man versteht die Dinge nicht, und nun muss man auch seine Meinung zu den Dingen ändern.

Das könnte bedeuten, dass an diesem Tag auch er selbst, Hartzopf, zu einem Bekenner der Corona-Kirche werden könnte. Er nahm sich aber vor, sich mit aller Macht dagegen zu sträuben. Mit aller Macht!

„Wannika, bevor du weiter seltsame Dinge plapperst ... ich denke, wir sollten wirklich heute noch einmal ausgehen. Was wäre mit Kino? Lass uns in Kino. Mit Maske, okay, mit Abstand, okay, aber man wird ein Plätzchen für uns finden."

Er würde auch in „Jim Knopf und die wilde 13" gehen, kein Problem, solange Wannika endlich mal von diesem Corona-Trip herunterkäme.

Wannika sagte, ja, ja, bitte, man könne ins Kino gehen. Das hätte auch den Vorteil, dass man auf Menschen stoßen müsse. Dann könne sie eben diesen Menschen auch Mitteilung machen, von der Religion, die so liebe. Von der Corona-Religion.

Jöchi rief nun an, aber aufs Smartphone von Hartzopf.

„Ich kann nicht recht sprechen. Was gibt es denn?", sagte er

„Ist sie noch so drauf?"

„Ja, sie ist immer noch so, gewiss."

Er nickte Wannika zu, es sei Jöchi.

Wannika wandte den Kopf zur Seite, als wolle sie sagen: Mit dieser blöden Zicke niemals mehr ein Wort.

„Jöchi, vielleicht sprechen wir uns ein andermal wieder", sagte nun Hartzopf gnädig, auch versöhnlich.

„Was wollte sie?", fragte Wannika noch nach.

„Eigentlich nichts", fügte Hartzopf eine Antwort zusammen, die wenig besagte.

Dann sagte er noch etwas.

„Ich denke, wir ruhen uns noch ein bisschen aus, bevor wir dann den Weg ins Kino antreten. Dann schauen wir mal, wie alles funktioniert. Mit den Karten, dem Eintragen, dem Platz. Vielleicht ist auch alles voll."

„Bei Jim Knopf?" Als ob sie Gedanken lesen könnte.

„Ja, auch bei Jim Knopf. Oder gerade bei Jim Knopf. Du darfst nicht vergessen, dass die Schule ihre Ferien begann. Die Eltern müssen nun ihre Kinder bespaßen, und das unter und in Corona-Zeiten, wo alles und jedes Ausflugsziel geschlossen, halb geschlossen oder quasi wie geschlossen ist."

„Und ein Zoo?"

Auf ntv gab es gerade eine Pressekonferenz. Hartzopf stellte den Fernseher laut. Ein Mann berichtete von Kontrollen, ja auch in Billstedt. Da gab es Shishabars, eine wohl nun geschlossen. Die Leute waren uneinsichtig, sowohl Gäste als auch Betriebe. Gäste der Liste waren nicht da, Gäste, die da waren, waren nicht auf der Liste. Also: Vertrackte Lagen, allüberall. Lügen. Durcheinander.

Wer möchte schon Läden kontrollieren, wo Leute per se uneinsichtig sind? Und nachher schlagen sie dir den Schädel ein. Die schlagen ja heute alles, auch Polizisten.

Nein, nein, die Dinge änderten sich beständig. Nicht nur wegen Corona, sondern auch wegen der Art des sozialen Zusammenlebens. Gewalt. Aggression. Niedergang.

„Musst du jetzt wieder auf den Fernseher starren, Hartzopf?"

„Nein, sorry, Wannika, nein, nein, nein!"

„Dann bitte!"

Er drehte den Ton runter, ließ das Bild aber da.

Man sprach immer von „Testung", er kannte dieses Wort früher gar nicht. In seinem Leben gab es immer nur Test und Tests, nun gab es auch „Testungen". Ach ja.

Und diese Zahl. Kontinenzzahl? Nein. Ingredienzzahl? Nein. Eigentlich müsste es ja Wannika wissen, wenn sie nun eine der großen Verkünderinnen der Corona-Religion war ... geworden war.

„Wir wollen eine Inzidenz von 35 bekommen", so hieß es wieder. Bei ntv. Pressekonferenz in Hamburg. Aber er hatte den Ton doch weggeschaltet. Konnte er nun Lippen lesen? War er nun auch ein

Erweckter? Hatte er übersinnliche Fähigkeiten bekommen?

Die Konferenz bei ntv war dann zu Ende, sie ging wohl real weiter, aber ntv wollte nicht dort bleiben, weil jetzt die Fragen der Journalisten kamen. Das musste ntv nicht haben. Also sollte er es auch nicht haben.

Er sollte es aber sowieso nicht haben, weil Wannika nicht wollte.

Die sprach vom Zoo.

Man nehme den von Köln als Beispiel, denn Hartzopf schaute für Wannika nach:

Es gelten Besucher-Höchstgrenzen und Sonderreglungen.

Auf dem gesamten Zoogelände besteht seit 10.10.2020 Maskenpflicht.

Alle Informationen dazu finden Sie hier

Unsere FAQs dazu finden Sie hier

Er wollte solche Texte aber nicht lesen. Diese vergällten ihm das ganze Leben. Das musste Wannika doch auch so sehen. Er las ihr vor:

Aktuell gelten im Kölner Zoo Sonderregelungen.

Es gelten Kontaktverbot, Abstandsregeln und Hygienevorschriften.

Wichtig: Wer den Zoo besuchen will, braucht neben einer gültigen Eintrittskarte (Dauer- oder Tagesticket) aktuell zusätzlich ein kostenlos im Vorfeld erworbenes „Reservierungs-Ticket" für den entsprechenden Besuchstag.

Wir bitten herzlich darum: Bestellen Sie bitte nur so viele Online-Reservierungstickets, wie Sie auch benötigen. Nehmen Sie Ihre Reservierung wahr. Sie nehmen dem Zoo sonst Einnahmen und anderen Interessenten die Chance auf einen Besuch. Infos dazu unter unserem FAQ zur Öffnung.

Das Online-Reservierungs-Tool finden Sie unter www.koelnerzoo.de/reservierung-de.

Als Ausnahmeservice bieten wir auschließlich denjenigen Menschen, die nicht über die technischen Möglichkeiten für eine Online-Reservierung verfügen, eine Reservierungsmöglichkeit per Post an (ein vollständiger Verzicht auf die Reservierung ist Corona-bedingt leider nicht möglich). Wir senden Ihnen die Online-Reservierung kostenlos an eine uns vorab angegebene Adresse. Wenden Sie sich zur Bestellung dieser Zusendung an: AG Zoologischer Garten, z. Hd. Besucherservice, Riehler Str. 173, 50735 Köln; Tel.: 0221 / 77 85 100. Wer diesen Ausnahmeweg wählt, sollte ausreichend Zeit einplanen, da die postalische Zusendung mehrere Tage dauern kann. Danke für Ihr Verständnis.

Nahezu alle Tierhäuser sind wieder geöffnet. In den Häusern gilt Maskenpflicht sowie eine Besucherobergrenze. Es kann zu kleineren Wartezeiten kommen.

Das Aquarium muss aktuell leider noch geschlossen bleiben.

Die Spielplätze sind geöffnet. Hier gelten die allgemeinen Abstandsregelungen für Betreuungspersonen.

Kommentierte Fütterungen müssen leider entfallen. Kindergeburtstage und sonstige Veranstaltungen können wir aktuell nicht anbieten. Gruppenführungen finden wieder statt.

Die Zoo-Gastronomie bietet an den verschiedenen Imbissen auf dem Zoogelände Snacks und Erfrischungen „to go". Das Zoo-Restaurant bleibt geschlossen.

Der ZooShop am Haupteingang ist unter Einhaltung der Abstandsregeln geöffnet. Hier besteht Maskenpflicht.

Wir bitten um Verständnis, dass der Besuch zur Vermeidung von Gegenverkehr nur entlang der klassischen Rundwegs-Ausschilderung erfolgen kann (gegen den Uhrzeigersinn). Bitte beachten Sie unsere Wegeführung und Sonderausschilderung!

Es gelten die normalen Ticket-Tarife (Ausnahme: Wir bieten keine Gruppentarife an, da Gruppeneinlass im Rahmen der allgemeinen Kontaktsperre aktuell nicht möglich; Eintrittskarten für KiTas und Schulklassen können an der Tageskasse oder über unsere Info-Hotline unter 0221 / 567 99 100 bei KölnTicket bestellt werden.

Auf dem gesamten Zoogelände besteht seit 10.10.2020 Maskenpflicht.

Willst du jetzt immer noch in den Zoo?, fragte er sie. Er wusste aber, dass er sie würde begleiten müssen. Würde sie auf dem Zoo beharren, wäre er an ihrer

Seite. Vielleicht konnte ein wackelnder Affe oder ein schwer dahingehender Elefant sie beide ja mal von allem ablenken. Dann aber überlegte er, dass heute viele Kinder auch kommen würden, denn es galt ja die Bespaßungslage für Eltern, wenn die Kinder zudem noch offizielle Schulferien habe. Alles sehr kompliziert.

Wannika sagte, sie wüsste nicht recht.

Hartzopf sagte, er könne verstehen, dass sie nicht recht wüsste.

Wannika sagte, wenn man das Haus verlasse, dann solle es so sein, dass es nicht unendlich viel Aufwand bedeuten würde.

Hartzopf sagte: „Aber du wolltest doch an Menschen ran. Wegen deiner Verkündung!"

Nun wurde klar, dass sich Hartzopf zu einem Mitdenker für Wannika machte. Er übernahm ihre Idee des Verkündens, tat, als wäre das okay, oder normal, oder in Ordnung, und dann machte er alles, dass sie mit ihm wohin gehen würde, indem er ihrem Verkündungswillen regelrecht zusprach.

Ein Psychologe hätte diese Momente hier im 2. Stock genossen.

Da war der Partner, der sich seiner Partnerin zur Verfügung stellte, weil er wollte, dass alles nicht wahr wäre.

Indem er aber genau das tat, trug er dazu bei, dass die Dinge scheinbar doch wahr würden.

Denn eine Religion lebt nur davon, dass die Leute glauben, dass die Leute ihr, der Religion, glauben. Sobald man irgendwelche „normalen" Leute dazu bekommt, das alles zu akzeptieren, ist aus Sicht der Religion schon der erste Schritt gemacht.

Und so war es ja für Wannika immer schon gewesen. Würde man die acht Jahre konsequent zurückdenken, so musste es nach diesen acht Jahren immer so gewesen sein, dass sie ihn auch an die Religion heranführen wollte, zumindest so, dass sie jemand hätte, der ihr beisteht. So wie der Offizier immer der Petra Kelly beigestanden hatte. (Bis zur Tötung, die er selber dann ausführte. Also dem Mord.)

Würde Hartzopf noch jemals aus allem herauskommen?

Auch er musste sich nun, wie der Offizier der Frau Kelly, überlegen, was er für Wannika empfand.

Heute morgen fand er sie noch toll, das wusste er.

In der Nacht hatte er sie gar nicht „gefunden", weil sie zwar zusammen in einem Bett schliefen, aber ohne jede Zuwendung, sexuell schon gar nicht.

Im gedachten Wien-Urlaub hätte er sie bestimmt wieder als wundervoll erlebt, weil das bislang in jedem Urlaub so gewesen war.

In allen diesen Fällen aber war sie noch nie eine Verkünderin gewesen. Noch nie.

Kein Urlaub, wo sie verkündete. Nie!

Das hatte sich aber jetzt schlagartig geändert. Auch ihr Zusammenkommen 2012 musste man als ein chinesisch gewolltes ansehen. Wenn man erahnen konnte, dass die Corona-Religion aus China käme. Das war wiederum nicht super wahrscheinlich, weil die Chinesen, also die Führungschinesen, Religionen gar nicht haben wollten. Auch die Katholiken versuchten die Chinesen bekanntlich zu kontrollieren. Die Chinesen als Kontrollierende. Man denke allein an Bischofsernennung und solche Dinge.

Genau das könnte aber die Führung in China dazu bewogen haben, eine Art „Religion" zu beginnen, um alle Anhänger anderer Religionen rüberzuziehen. Und nähme man die Corona-Religion erst einmal als wahr an, wie es bei Wannika der Fall zu sein schien, konnte man damit sowieso die ganze Welt beherrschen.

Dann müsste man davon ausgehen, dass Trump am Ende auch ein Bekenner sei. Der würde eine andere Rolle zugewiesen bekommen haben, die aber am Ende auch der Stärkung der Religion helfen täte.

Durchchristianisierung wäre aus der Sicht von chinesischen Herrschern dann neu aufgestellt „Durchcoronisierung".

Das alles bedachte Hartzopf in ganz blitzekurzer Zeit.

Die Frage nach dem Zoo schien sich derweil erledigt zu haben.

Kino hatte sich erledigt.

Aber die Frage blieb, wie und wo sich Wannika heute noch würde mit Menschen treffen können, um diese dann im Sinn der Religion zu manipulieren. Er, Hartzopf, würde ihr dann helfen, aber nur, um sie auf andere Gedanken zu bringen.

Als Ansatz: Während Wannika irgendwo am Rhein rumläuft, um zu missionieren, würden durch die realen Gespräche mit realen Menschen sich ihre wirren Gedanken wieder ordnen, und sie würde dann auch quasi geheilt sein. Und sie konnten beide zu ihrem gewohnten Paaralltag zurückkehren, der jedoch weiterhin durch diese scheußliche Covid-19-Sache eine große Behinderung von allem in allem wäre,

Das war viel gedacht.

Hartzopf, wo willst du hin?

Warum denkst so viel?

Stimmt das denn alles?

Wannika schaute sich ihren Hartzopf an und überlegte in genau derselben Zeit, ob sie ihn jemals zum Partner genommen hätte, wenn die Organisation das nicht auch ausdrücklich gewollt hätte. Gelnhausen 2012 war ja nicht von ihr gewollt, sondern von denen.

Sie hatte aber insofern Glück gehabt, als dass sie dann diesen Hartzopf wirklich gemocht, vielleicht gar geliebt hatte.

Zu einem Kind war es deshalb nicht gekommen, weil sie peinlichst darauf geachtet hatte. Verhütung war voll und ganz ihr Ding gewesen. Denn mit Kind wäre es eine Verkettung geworden, eine Wannika-Hartzopf-Verkettung, welche für Chinesen kein Problem sei, aber doch für sie.

Sie wollte, obschon sie Hartzopf mochte, sicher sein, dass es immer noch eine Trennung würde geben können.

Sobald aber ein Kind da wäre, hätten sich die Dinge verändert.

Zudem musste man immer überlegen, was eine Corona-Kirche mit den Nachkommen vorhatte. Am Ende würden die in einer Höhle gehalten, den Eltern entzogen und dann ganz beeinflusst und indoktriniert aufgezogen.

Sie dachte auch eine Geschichte, wonach alle Welt in einem halben Hähnchen in Buxtehude entstanden sei. Das konnten nicht die von QAnon sein, weil die doch mit der Pizza als Quelle von allem arbeiten.

Dabei war ihr die Welt als halbes Hähnchen näher. Sie stellte sich auch vor, wie dreijährige Kinder dann in diesen Hähnchenleib hineinrennen. Ja, das war eine schöne Vision.

Zugleich sah sie aber auch weiße Gesichter, leidende Gesichter, von Menschen, die wirklich an Covid-19 erkrankt waren. Da meldeten sich auch ihr Schnupfen und ihre Wut auf Jöchi. Warum hatte die nicht sagen wollen, wo sie die letzten Tage wirklich gewesen war.

Jöchi, das müssen die Leserinen und Leser nun wissen, saß natürlich zuhause und schrieb weiter Notizen. Keiner weiß bislang, wozu und warum. War es reine schriftstellerische Tat? Oder war da mehr dahinter?

Hartzopf dachte in eben diesem Moment auch an Jöchi und überlegte ernsthaft, ob die mit Wannika zusammen in einer Gruppe gewesen war, in einer

Corona-Kirchgruppe. Und ob Jöchi an allem aktiv beteiligt war, sofern er also dann Mithelfer wurde, während Jöchi und Wannika alles sauber absprachen, ja, auch mit den Chinesen.

Dann konnte William einer wie er sein, angeworben, mitmachend, seine Freundin Jöchi begleitend.

Aber ergab das Sinn?

Ergab denn der Sinneswandel von Wendler Sinn? An jenem Donnerstag dieses Video auf Instagram, was er, Hartzopf, aber nur auf RTL gesehen hatte, weil er ja eh mit Instagram nichts am Hut hatte. Auch nicht mit Telegram.

Wannika aber könnte, weil sie auf Instagram immer so aktiv sei, nun auch auf Telegram aktiv geworden sein. Sollte man das ausschließen?

Nein!

Dann wäre da vielleicht doch eine Verbindung zwischen ihr und jenem Attila und auch noch dem Wendler.

Dieses Rumdenken wurde für ihn doch verzweifelnd.

Eigentlich wollte er Wannika raus aus der Wohnung bekommen, noch einmal, an jenem Samstag, dass sie beide hier nicht aufeinanderhocken und schlimme Dinge denken. Also: Sie meint ja, sie denkt schöne Dinge, mit dem Corona-Quatsch, aber Hartzopf denkt ganz anders, denn er ist ja Mittäter, ohne es sein zu wollen.

Überhaupt nervt ihn das Ganze um Corona und Covid-19 ungemein.

Das wiederum würden vielleicht auch seine Eltern sagen.

Vielleicht auch Maria, die Mama von Wannika.

Ob Maria ahnte, was alles vor sich ging. Hier und heute? Jetzt und da? In dieser kuriosen Welt?

Vielleicht ins Theater?

Wäre das was? Er und Wannika heute noch in ein Theater?

Er rief die Page auf.

Kultur lebt in Köln. Theater wieder geöffnet. Neue Spielzeit läuft.

Liebes Publikum,

wir verweisen auf die aktuellen Beschlüsse von Bund, Land und Stadt Köln.

Die Kölner Theater und Freien Gruppen haben für Sie zahlreiche Auflagen umgesetzt und so die Spielstätten weitgehend wieder für Sie eröffnet. Eine sicher in vielerlei Hinsicht besondere Spielzeit wartet auf uns alle! Global gültige Infos können wir nicht bieten. Wir bitten Sie, sich individuell zu informieren!

Beleben Sie die Kultur unserer Stadt: GEHEN SIE INS THEATER! - es ist großartig, was dort spontan, kreativ und künstlerisch geleistet wird!

Kultur lebt in Köln.

Solidarischen Zusammenhalt, Verständnis und Achtsamkeit füreinander halten wir nach wie vor für besonders wichtig!

Vielen Dank!

„Wannika, wie wäre denn Theater für dich? Heute?"

Hartzopf zog seinen letzten Trumpf, so kam es ihm vor. Würde sie ablehnen, könnte man nur so einfach mal „an den Rhein gehen", aber das dann bei kühlem Wetter. Das dann bei schlechter Laune. Und vielleicht würde man nirgendwo anhalten können, sitzen können, etwas verzehren können. Nirgendwo! Vielleicht wäre man dazu verdammt, zu gehen, weiterzugehen, und dann nochmals weiterzugehen.

Das sagte er Wannika so nicht. Er dachte es.

Dabei schloss er aber nicht aus, dass Wannika würde seine Gedanken lesen können. Sie war ihm jetzt unheimlich geworden. Ihre Augen kamen ihm etwas schlitzig vor. Er überlegte, ob sie am Ende chinesischen Ursprungs war. Er versuchte sich das Gesicht von Mutter Maria vorzustellen. Vielleicht lag da ja ein Schlüssel. Maria Hänter. Aber die wirkte normal, sehr deutsch, irgendwie ursprünglich. Nach den Regeln der Lehre von Mendel könnte Wannika aber trotzdem etwas Chinesisches in sich haben oder an sich haben.

Zuletzt könnte es noch sein, dass Wannika gar nicht von Maria Hänter abstammt. Das wäre auch eine Idee. Dann wäre Wannika ihr „zuadoptiert" worden, von den Kreisen, die dann mit Corona begannen. Dann wäre Maria eine Schauspielerin, bezahlt, um angeblich Mama der Wannika zu sein.

Während er, Hartzopf, seine Begleiterrolle ja kostenlos spielte. Ganz und gar kostenlos. Außer etwas Nähe, etwas Körperkontakt, etwas Sexualität. Dann war er doch zufrieden.

Zudem liebte er Wannika, also die Wannika, die er bis heute kannte, bis zum dem Vorfall nach dem Musizieren vor dem blöden Sankt-Margitta-Heim. Dieses supersaublöde Margitta-Heim. Vielleicht hätte man sich das schenken sollen.

Aber Wannika wollte ja unbedingt!

Oder hatte sie alles genauso geplant, dass dann er und William auf offener Straße erfahren würden, dass es die Corona-Religion gäbe? Bitte lieber Gott, lass es anders sein! Lieber Gott!

Nun fiel auch Hartzopf in etwas wie Religion zurück. Armer Hartzopf!

Hartzopf wusste nicht recht weiter.

Was tun?

Wie sich verhalten?

Würde man Wannika heilen können?

Oder war er selber krank?

Radio lief: Von der Nürburg hört man, dass Hülkenberg starten wird. Ja. Für Lance Stroll.

Er soll das Qualifying bestreiten. Und dann am Sonntag auch fahren. Bei diesem Eifelrennen auf dem Nürburgring, obwohl es den Nürburgring in den letzten Jahren gar nicht für die Formel 1 gab. Was war das für eine Geschichte?! Hülkenberg stürmt fast wie spontan von Köln aus dem RTL-Studio zur Eifel, er soll mit einem silbrigen Porsche dahingefahren sein, und wird ohne jegliches Training und jegliche andere „Session" zuvor direkt zum Qualifying als Ersatzmann in ein Auto steigen.

Ist das nicht auch eine tolle Religion! Das Auto!

Doch schon meldeten sich weise Menschen und sagten, dass mit den klassischen Motoren, das geht doch so zu Ende. Da kann sich keine Formel 1 mehr halten, da müssen Änderungen geschehen.

Aber sie fahren wenigstens noch, auch vor Zuschauern, ja, auch unter Coronabedingungen sollten jetzt Zuschauende herbeieilen.

Man merkte, wie sich unser Hartzopf da in abgleisige Dinge hineinsteigerte. So, als wolle er endlich den Kopf von Corona (und Wannika?) freibekommen.

Genau das aber schien selbst am Nürburgring nicht möglich, wenn man vom Wetter absieht, was denen am Freitag schon Training 1 und Training 2 kaputtgemacht hatte.

Corona blieb Thema. Immer Covid-19. Immer. Auch uns kann es erwischen. Immer.

Was soll's? Hauptsache, es wird gelebt! Die Autos können gerne viel von ihren Abgasen verblasen, weil das das Leben ist. Ja! Verbrauch von Rohstoffen, Verbrauch von Ressourcen, Verbrauch von Luft, dabei stetiges Geldausgeben, ewiges Jubeln. Und alles unter den Vorzeichen des Kapitals. Das ist doch mehr als herrlich!

Später kamen dann die Resultate. Hülkenberg kam an, aber nur als 20ter. Wer würde etwas sagen wollen. Dass er überhaupt fuhr, binnen weniger Momente ins Auto!

Qualifying, Nürburgring 10.10.2020

1. Valtteri Bottas (FIN), Mercedes, 1:25,269 min
2. Lewis Hamilton (GB), Mercedes, +0,256 sec
3. Max Verstappen (NL), Red Bull Racing, +0,293
4. Charles Leclerc (MC), Ferrari, +0,766
5. Alex Albon (T), Red Bull Racing, +0,778
6. Daniel Ricciardo (AUS), Renault, +0,954
7. Esteban Ocon (F), Renault, +0,973
8. Lando Norris (GB), McLaren, +1,189
9. Sergio Pérez (MEX), Racing Point, +1,435
10. Carlos Sainz (E), McLaren, +1,440
11. Sebastian Vettel (D), Ferrari, +1,469
12. Pierre Gasly (F), AlphaTauri, +1,507
13. Daniil Kvyat (RUS), AlphaTauri, +1,579
14. Antonio Giovinazzi (I), Alfa Romeo, +1,667
15. Kevin Magnussen (DK), Haas, +1,856
16. Romain Grosjean (F), Haas, +2,283
17. George Russell (GB), Williams, +2,295
18. Nicholas Latifi (CDN), Williams, +2,543
19. Kimi Räikkönen (FIN), Alfa Romeo, +2,548
20. Nico Hülkenberg (D), Racing Point, +2,752

Dieses ganze Buch hier schien also auch ein Fake zu sein. Man konnte sich 1000 mal Trump anhören, ansehen, und nun war der eigene Kurzroman, diese Romanovelle, vielleicht selber zu einem Fake geworden. Oder auch zur wahren Wahrheit.

Vielleicht auch zur Wahrheit eines Fakes oder zum Fake einer unwahren Wahrheit. Niemand wusste es mehr. Niemand wusste mehr irgendetwas. Außer Tabellen

Auch wenn Wannika weiter röchelte, oder schnupfte, bisweilen hustete. Niemand wusste, was genau dahintersteckte. Vielleicht war es am Ende auch Propaganda für die Corona-Kirche, und sie musste diese inszenierte Schau spielen, um viele Anhänger zu bekommen. Für diese Bewegung.

Bald würde sie auch noch ein Datum bekanntgeben, wann Corona die ganze Welt erlösen würde.

Dieses Datum wurde gebraucht, es konnte auch 2437 sein, egal, 7. Mai, 9. August, egal, ein Datum eben irgendwas. Auch ein 21. Mai. Auch das. Und dann könnte man beten und glauben, auf das alles hinfiebern, und wirklich froh werden.

Frage wäre dann, wie lange sich Corona als Virus würde halten können. Oder war von Anfang an die Idee gewesen, dass sich Corona von einem Realvirus in einen Hirnvirus verwandelt, der alle Hirne,

Seelen, ja auch noch die Herzen einnimmt?

Endlich eine Weltreligion, die wirklich jede und jeden erfasst?

Endlich?

Nur die ewigen Miesmacher würden dann ausradiert werden. Die müssten sterben. In den Covid-19-Betten. In den Kliniken. Man konnte sie ja noch an Maschinen dranklemmen, einfach so. Aber letztlich wäre es eine große Reinigung der Welt.

Die Ungläubigen würden verschwinden, allein schon durch Sterben, durch dauerhaftes Sterben, während die Corona-Gläubigen glückselig jenem Tag entgegendämmern, wenn alles anders wird, dem Erweckungstag, jenem 10. Oktober 2437.

Heute in 417 Jahren.

Man brauchte noch ein paar Texte dazu. Aber vielleicht würden die Notizen von Jöchi dann wieder Sinn machen. Sie hatte Wannika lang genug beobachtet.

Wannika selbst würde eine der großen Prophetinnen des ganzen Werdens.

Hartzopf hustete nun auch. Er wollte mehr wissen, von der Krankheit.

Die Symptome der neuen Lungenkrankheit sind eher unspezifisch. Fieber, trockener Husten und Atemprob-

leme können auch bei einer Grippe auftreten.

Die Sars-CoV-2-Viren vermehren sich wie Grippeviren im Rachen, was sie ansteckender mache als anfangs vermutet, berichtet der Virologe Christian Drosten von der Berliner Charité. Die Erreger infizieren vor allem Zellen der unteren Atemwege und können eine Lungenentzündung verursachen.

Manche Menschen haben nur eine leichte Erkältungssymptomatik mit Frösteln und Halsschmerzen. Mitunter können Patienten auch Kopfschmerzen oder Durchfall haben. Fieber tritt nicht zwangsläufig auf.

Nach Angaben der WHO nehmen rund 80 Prozent der Fälle einen milden Verlauf. Dennoch sei es gerade jetzt wichtig, das Virus energisch zu bekämpfen. In der weit überwiegenden Zahl der Fälle –zeigen mehr als 80 Prozent der Menschen, die sich mit dem Covid-19-Erreger angesteckt haben, nur milde Symptome, bestätigt auch Chinas Gesundheitsbehörde. Knapp 14 Prozent der Betroffenen entwickeln schwere Symptome wie Atemnot, nur knapp 5 Prozent lebensbedrohliche Auswirkungen wie Atemstillstand, septischen Schock oder Multiorganversagen.

Menschen mit milden Symptomen erholen sich der WHO zufolge in zwei Wochen, solche mit schweren Symptomen brauchen drei bis sieben Wochen. Besonders gefährdet sind Menschen über 65, Personen *mit chronischen Atemwegserkrankungen, erhöhtem Blutdruck, Herzkreislauferkrankungen oder Diabetes und solche, deren Immunsystem durch eine Therapie geschwächt ist. Bei diesen Personen kann Covid-19 einen lebensbedrohenden Verlauf nehmen.*

Es gebe zudem relativ wenige Fälle bei Kindern, ergänzt der Generaldirektor der Weltgesundheitsorganisation (WHO), Tedros Adhanom Ghebreyesus. Noch sei aber unklar, warum das so sei.

Mittlerweile kam der Abend. Ja, er hatte einige Texte über Covid-19 gelesen, aber nichts über die Corona-Religion. Hartzopf und Wannika hatten sich sowieso auf nichts mehr einigen können. Ein schlechtes Zeichen. Die hatten sich gestritten, auch das.

Wannika meinte, sie würde nun doch mit Wolle beginnen. An jenem 10.10.2020 begann sie also, das Stricken neu zu erlernen, was sie Jahre nicht betrieben hatte.

Hartzopf würde noch ein leichtes Essen bereiten, etwas Blumenkohl, etwas Reis. Das wars. Er würde auch noch die letzte Frikadelle des Mittags aufessen. Wannika indes hungerte. Aus Protest.

Dann begann das große Schweigen.

Wannika verkündete aber noch, sie würde heute

in die Wanne gehen. Das war insofern seltsam, als dass sie in der Wohnung gar keine Wanne hatten. Wannika schien das nicht zu interessieren.

Wannika sprach dann auch von Verträgen. Sie musste jetzt selber etwas von den Wendler-Dingen mitbekommen haben.

Er, Hartzopf, hätte gerne mal alle Dokumente von Wannika eingesehen. Alles um das Stipendium. Aber sie würde ihm nichts dazu zeigen, das war klar.

Vielleicht blieb Wannika auch deshalb in der Wohnung, ging nicht mehr vor die Tür, um diese Verträge zu verteidigen. Das war doch auch möglich. Sie musste ja abwägen, ob sie eher heute missionieren wollte oder ob sie dauerhaft ihre Geheimnisse behüten wollte. Vor Hartzopf.

Die Dinge konnten sich also immer wieder neu ändern, immer wieder schnell.

Die Corona-Religion bestand wohl im Wesentlichen darin, dass viele, viele, viele Menschen an Covid-19 erkranken sollten. Das schien nun auch klar.

Bist du einmal krank, dann wirst du sterben.

Oder du wirst Folgen von der Krankheit haben. Immer. Dauerhaft. Kommst keine Treppe mehr hoch.

Oder du wirst weiterleben wie früher.

Auf jeden Fall hast du dann die Krankheit gehabt und gehörst „dazu".

Die anderen Religionen hatten gerne diese Taufen dabei. Die christlichen zuerst.

Aber hier ging es um das Empfangen einer Krankheit. Die Corona-Religion war großartig und neu.

Folgte man Wannika, denn sie hatte eben noch Andeutungen gemacht, dann war die Krankheit eine Art von Erweckung. Das Befallen-Sein mit Covid-19 war eine Teilwerdung zum und im Ganzen. Die Chinesen wurden aber (in der Masse) von diesem Befall ausgenommen, so gut es ging, weil die Chinesen ja die Erfinder und Erbringer von Covid-19 sein könnten. Insofern hatten sie da per se ein Vorrecht.

Das machten andere Religionen ja auch, dass bestimmte Völker oder Gruppen sich als auserwählt betrachteten.

Auf diese Weise bekam alles noch eine besondere Note.

Was den Chinesen aber fehlte, das seien religiöse Texte. Gab auch Wannika an jenem 10.10.2020 zu.

An eine Art von Bibel war derzeit überhaupt nicht zu denken, die musste noch geschrieben werden.

Aber Hartzopf ahnte ja, dass Jöchi eine der Schreiberinnen sein könnte, die irgendwann auch auf ein

Gesamtwerk von 8.000 Seiten zusteuerten. Oder auch 10.000 Seiten.

Derzeit war sie noch am Sammeln.

Kurios erschien aber, wie viel sie speziell zu Wannika sammelte.

Wannika sagte dazu: „Du kennst mich eben nicht, Hartzopf. Ich habe dich nie wirklich erreicht. Sonst wüsstest du von meiner Heiligkeit und meiner Sendungsbedeutung in eben dieser neuen Religion."

„Das jüngste Gericht, was war damit?"

„Das habe ich dir doch schon erklärt. Das gibt es so nicht bei uns. Die Krankheit selber übernimmt diese Funktion, zusätzlich zu den 1000 Augen in jedem Raum. Warum muss ich mich eigentlich immer wieder so wiederholen?"

Wannika strickte mittlerweile ziemlich zügig.

Hartzopf konnte nur zuschauen und auf seine eigene Lunge achten.

Er hatte nun das Gefühl, dass er, wenn er tief einatmete, eine Art von Stechen unten in beiden Lungenflügeln verspürte. Oder war es die Grippe?

Sie, Wannika, schnupfte immer noch, aber im Eigentlichen war es doch weniger schlimm als noch über Tag.

Denn es senkte sich der Abend allmählich über das Land.

In Tausenden von Wohnungen, nein, in Millionen, wenn nicht gar Milliarden, wurde jetzt in eben diesem Moment über Corona gesprochen.

Erste Menschen in Deutschland hatten offenbar an jenem 10.10.2020 von der Corona-Religion erfahren. Man versuchte verzweifelt, weitere Neuigkeiten zu bekommen. Irgendwie musste in Umlauf geraten sein, dass der Instagram-Account von Wannika damit in Verbindung stünde.

Sie selber hatte abends noch ein einziges Foto gepostet, wo man sie strickend erleben konnte. Dabei saß sie allerdings in Jeans und Sweatshirt vor der Kamera.

Mehr war nicht.

Aber die Account-Zahlen gingen ziemlich bald ziemlich verdächtig in die Höhe.

Die 5.000 waren lange überschritten. Man würde heute auf die 20.000 noch kommen.

Das ging so schnell, dass Wannika sich nicht mal alle Namen genau angucken konnte.

Hartzopf starrte immer zu ihr hinüber, stand bisweilen auf, schlenderte an ihrem Smartphone vorbei und guckte. Eigentlich wollte er nur die Namen von Attila lesen, und den von Wendler. Das aber geschah so nicht. Er konnte sie nicht entdecken, in aller Eile. Wenn es aber geschah, was war dann?

Er las ihr die Länderliste vor, Johns-Hopkins-Universität, offizielle Zahlen. 10/10/2020, 5:23 nachmittags. Ein letzter verzweifelter Versöhnungsversuch.

Cases by Country/Region/Sovereignty
7.670.419 US
6.979.423 India
5.055.888 Brazil
1.278.245 Russia
894.300 Colombia
871.468 Argentina
861.112 Spain
838.614 Peru
810.020 Mexico
732.434 France
688.352 South Africa
578.398 United Kingdom
496.253 Iran
479.595 Chile
397.780 Iraq
377.073 Bangladesh
343.770 Italy
338.944 Saudi Arabia
336.926 Philippines
332.382 Turkey

328.952 Indonesia
321.491 Germany
318.266 Pakistan
287.858 Israel
263.105 Ukraine
180.790 Canada
173.847 Netherlands
152.403 Romania
148.981 Belgium
146.398 Morocco
145.848 Ecuador
138.226 Bolivia
127.778 Qatar
121.638 Poland
118.841 Panama
118.014 Dominican Republic
110.568 Kuwait
109.374 Czechia
108.663 Kazakhstan
105.684 Nepal
105.133 United Arab Emirates
104.262 Egypt
104.129 Oman
98.451 Sweden
97.544 Guatemala
90.757 China

88.948 Japan
86.053 Costa Rica
85.574 Portugal
82.662 Ethiopia
82.552 Honduras
82.471 Belarus
81.696 Venezuela
74.860 Bahrain
61.762 Moldova
60.681 Uzbekistan
60.368 Switzerland
59.992 Nigeria
57.866 Singapore
55.736 Armenia
54.423 Austria
52.804 Algeria
51.170 Lebanon
48.924 Kyrgyzstan
48.275 Paraguay
46.987 Ghana
43.945 West Bank and Gaza
41.752 Azerbaijan
41.686 Libya
41.158 Kenya
40.703 Ireland
39.703 Afghanistan

36.596 Hungary
34.685 Serbia
32.575 Denmark
30.345 Bosnia and Herzegovina
29.951 El Salvador
27.244 Australia
26.899 Tunisia
26.064 Burma
24.548 Korea, South
23.998 Jordan
23.871 Bulgaria
21.772 Greece
21.203 Cameroon
20.163 North Macedonia
20.036 Cote d'Ivoire
19.932 Croatia
18.797 Slovakia
16.702 Madagascar
16.130 Kosovo
15.452 Norway
15.415 Zambia
15.244 Senegal
15.231 Albania
15.096 Malaysia
13.670 Sudan
13.348 Montenegro   UND SO WEITER